AF279552

Copyright

Bibliografische Information der Deutschen Nationalbibliothek Die Deutsche Nationalbibliothek verzeichnet diese Publikation in der Deutschen Nationalbibliografie, detaillierte bibliografische Daten sind im Internet über http.//dnb.dnb.de abrufbar

Texte © 2024 by Rolf Gänsrich
Herstellung und Verlag: BoD – Books on Demand, Norderstedt

ISBN 9783758320347

Rebecca

eine Berliner
Kriminal-Novelle
von Rolf Gänsrich

Vorbemerkung
Für einen „richtigen" Kriminalroman fehlt mir die Schreiberfahrung, für eine Kurzgeschichte ist das Ding zu lang, um es als weiteren „Nebenbeitext" einzubinden, passt es nicht, also wird es eine eigenständige Novelle.
Nun hab ich nicht Germanistik studiert, sondern schreibe entweder zur eigenen Aufarbeitung oder aus Spaß. Weil ich nun auch ein etwas reiferer Jahrgang bin, möge man mir bitte verzeihen, dass es hier drei Arten der Rechtschreibung gibt: 1. die Alte, 2. die Neue, 3. meine. ... und manches von mir verwendete Wort findet bei der Rechtschreibprüfung nicht mal mein Computer. Ich bitte deshalb um Nachsicht.
Wollen wir beginnen?
Na dann los ...

*

Die beiden Pistolen hatte sie gut in ihrem Rucksack verstaut, als sie in den Mietwagen stieg. Kummerow, ausgerechnet in Kummerow war sie gelandet, sie die aus einer Großstadt kam. Berlin, so nah und doch so fern. Sie dachte an ihren Kumpel Nathaniel Bumppo[1], der ihr bei ihrem letzten persönlichen Treffen, der Abschied, als sie aus Berlin fortgezogen war, vorgeworfen hatte: „Berlin hasst du oder liebst du. Dazwischen gibt's fast nichts. Ich liebe Berlin! Und du? Du bist seit deiner Geburt hier nie wirklich in Berlin angekommen."
Es war jetzt gut fünf Jahre her, als er das zu ihr gesagt hatte. Damals war sie aufgebrochen, aufs Land. Um Ruhe zu finden? Ins Ungewisse? In ein neues Leben? Oder war Kummerow der beste Ort für ihre Zwecke? Den Ortsnamen hatte sie aus den Romanen von Ehm Welk. Deshalb musste es Kummerow sein. Ein „Kuh-Kaff" in Mecklenburg, hügelige Landschaft, Seen, einfache aber gutmütige Menschen, nah genug an Lübars ... in Berlin. Dazu etwas Landwirtschaft, eine kleine Backstein-Kirche, ein Schloss,

---

1   ... für die Freaks: so hieß der Wildtöter aus den fünf
    Lederstrumpferzählungen von James Fenimore Cooper

ein Kirchchor, ein Boots- und ein Kleingartenverein. Zweimal pro Woche kam für eine halbe Stunde ein Händler mit seinem kleinen Lieferwagen und verkaufte frisches Brot, Butter und Waschpulver vor allem an die Alten, die hier nicht mehr weg kamen. Öffentlichen Busverkehr hatte es in der Gegend noch nie gegeben. Vor allem aber hatte sie die Weite der Landschaft fasziniert ... und die wenigen Menschen. Aber auch mit den wenigen hatte sie sich in den paar Jahren in denen sie in Kummerow lebte, angelegt.

Das hatte sie sich indessen nicht mit den Leuten aus Stavenhagen, dem größten der näheren Orte, denn dort gab es einen Schützenverein und in dessen Ortsteil Basepohl sogar einen ehemaligen NVA-Flugplatz, der für Kampfhubschrauber und Mig-Jäger genutzt worden war und dessen Abgelegenheit für ihre Zwecke sicher dienlich sein konnte.

Von ihren heimlichen Plänen hatte sie niemandem, nicht einmal ihrem Kumpel Nat, etwas erzählt. Sie kannten sich seit weit mehr als vierzig Jahren. War Nat mal verliebt in sie? Das wusste sie nicht so genau. Aber alle Männer, denen sie in ihrem Leben begegnet war, verknallten sich vom ersten Augenblick an unsterblich in sie. Und sie wusste ihre Reize zu be-, und die Kerle auszunutzen. Große, stechend himmelblaue Augen, blonde Lockenmähne, sportlich-geschmeidiger Körper, Katzengang waren ihre äußeren Attribute damals. Und wenn sie dann noch kindlich-naive Diktion in ihre Stimme legte und den Arm oder die Hand ihres männlichen Gegenübers federleicht wie ein Schmetterling seine Flügel schlägt, berührte, schmolzen alle männlichen Wesen, sofern die nicht stock schwul waren, dahin, ihr eigener Vater eingeschlossen.

Diese Art des Jagens nach einer Beziehung war ihr zu leicht. Frauen reizten sie deshalb von Anfang an mehr. Die waren für sie schwerer zu bekommen, durchschauten sie bei ihrer Jagd oder setzten auf die gleichen subtilen Waffen, wie sie selbst. Duelle auf Augenhöhe, bei der Suche nach der großen Liebe fürs Leben und später in ihren festen Gemeinschaften selbst.

Rebecca selbst hatte in ihrem Leben viele gute und vor allem erfüllende Beziehungen zu Frauen gehabt. Nur ihre letzte war ein Fehlgriff. Es ließ sich anfangs gut an! Sie hatten sich in einer Insidern eher weniger bekannten reinen Lesbenbar in Berlin Kreuzberg zufällig getroffen. Die Kellnerin hatte versehentlich den roten mit dem pinken Prosecco mit den beiden Tischen vertauscht, an denen sie Rücken an Rücken gesessen hatten, ohne die jeweils andere zu bemerken. Ein kleines „Oh, der war wohl für mich!" und schon waren sie beide im Gespräch.

Es ging mit dieser Beziehung ungewöhnlich schnell. Tiefer als bei allen Frauen vor ihr hatte sich Sheryl in Rebeccas Herz gegraben. Mehr aufgewühlt, als alle anderen vor ihr. Wer von ihnen beiden dominanter war, entschied jede allein für sich.
Geld war genug da, waren sie doch beide Beamte und bereits in der höheren Laufbahn angekommen. So hatten sie es auch mit Leichtigkeit geschafft, sich ein Häuschen mit Garten am Dorfkern von Lübars, mit Blick auf die Niedermoorwiesen am Tegeler Fließ zu kaufen.
Ihre Aufgaben waren in der Folgezeit streng verteilt. Rebecca kümmerte sich um alles im Garten, am und den Gehweg vor dem Haus, Sheryl war für alles innen zuständig.
Ein Problem allerdings stellte sich, als sie endlich ihr Häuschen bezogen hatten, nur allmählich heraus. Ja, es schlich sich geradezu unbemerkt ein!
Sheryl liebte ihre Arbeit. Sie berichtete täglich von den wahren Wundern, die sie in der Berliner Verwaltung zu Wege brachte. Rebecca hasste dagegen ihren Job. Sie waren in ihrem Bereich ständig unterbesetzt. Andauernd flüchteten

Mitarbeiter, ließen sich intern versetzten oder kündigten gleich ganz. Dafür waren ständig waren Neue zum einarbeiten da. Der Grund war ganz einfach. Es lag nicht am Geld oder am Umgang mit den Bürgern, mit denen auch Rebecca zu tun hatte, nein, es lag an der Führung, oder eher an der Unfähigkeit ihrer Vorgesetzten, ein angenehmes Arbeitsklima zu schaffen und ihre Untergebenen zu führen. Statt dessen wurde man immer nur zur Sau gemacht. Mal nicht bestraft zu werden, galt bereits als Lob.

Dabei war es einst anders gewesen. Als sie in der Mitte der 1990er Jahre in diesem Teil der Verwaltung angefangen hatte, stimmte alles noch. Sie waren ein großer, freundlicher Haufen, der viel miteinander in der Freizeit unternahm. Heute schien es ihr, als hätte man quasi die Reste der Mitarbeiter aus anderen Verwaltungen zusammengekehrt und allesamt bei ihr im Haus abgeladen. Aber Rebecca wollte durchhalten. Sie hatte doch nur noch ein paar Jahre, bis sie Pensionsanspruchsberechtigte war. So lange, aber keinen Tag mehr, hatte sie dort ausgeharrt.
Dies hatte zur Folge, dass sie immer mehr, immer häufiger und immer regelmäßiger, zu legalen Drogen und Genussmitteln griff. Aber während sie die Schokolade noch im Griff hatte, gelang ihr das mit Alkohol nicht. Nein, sie trank keine harten Sachen! Sie trank nicht einmal Wein. Bier war das, was sie am Abend zur Ruhe brachte, Bier ließ sie schlafen, Bier ließ sie den Sonntagnachmittag überstehen, wenn sie daran dachte, was sie in der nächsten Woche an ihrem Arbeitsplatz zum Wahnsinn treiben würde.
Bier aber hatte zwei unangenehme Nebeneffekte. Rebeccas Mundgeruch wirkte auf Sheryl abends im Bett nicht gerade zum Kuscheln einladend und Rebeccas eigene Libido litt gleichfalls sehr unter dem Einfluss des Alkohols.
Aber immerhin fast zwanzig Jahre hielt die Beziehung. Wären sie wie Mann und Frau verheiratet, wäre die „Porzellane Hochzeit" in Sichtweite gewesen. Heiraten

durften sie indes in Deutschland zu diesem Zeitpunkt noch nicht. Trotzdem redete jede der beiden, wenn im Bekannten- und Freundeskreis die Sprache auf den jeweils anderen in der Partnerschaft kam, von „meine Frau".

*

Die Jahre verflossen. Die Himbeerbüsche am nördlichen Zaun ihres Grundstücks wuchsen und wurden beschnitten, die Maiglöckchen vermehrten sich trotz aller Vorsicht bis in Nachbarsgarten hinein, Fische und Schilf im Gartenteich vermehrten sich unkontrolliert und wurden von wilden Reihern gern als Snack für zwischendurch aufgespießt, Frösche siedelten sich von selbst an und quakten laut in späten Frühlingsnächten, teuer eingekaufter Pferdemist von einem der nahen Reiterhöfe wurde unter die Beete gegraben und ließ ihren kleinen Gemüsegarten an der Südecke des Hauses, in dem sie Basilikum, Schnittlauch, Petersilie, Zwiebeln, ein paar Zuckerschoten und Rhabarber anbauten, immer höher wachsen. Im meist ungenutzten Dachboden des Hauses vergilbten allmählich die billigen Tapeten, die sie einst angeleimt hatten, im Rest des Hauses bekam die Raufaser zum wiederholten mal einen neuen, weißen Anstrich, um die niedrigen Räume des Hauses größer erscheinen zu lassen und das Uhrwerk der großen, alten, lärmenden Standuhr, die sie einst gemeinsam auf dem Flohmarkt am Mauerpark entdeckt hatten, musste mal wieder entharzt werden.

Hatten sich Sheryl und Rebecca zu sehr aneinander gewöhnt oder waren sie sich gleichgültig geworden? Das Leben begann für beide bedeutungslos, sinnlos, langweilig vorüber zu ziehen. Beide litten. Aber während sich Sheryl ihre kleinen, täglichen Highlights auf Arbeit holte, verkroch sich Rebecca immer mehr im Garten und im Bier. So lang es warm war und sie irgend etwas umpflanzen, beschneiden oder in Form bringen konnte, war alles gut und auch ihr hoher Bierkonsum fiel zumindest ihr selbst dabei nicht auf.

11

Aber in der kalten Jahreszeit, wenn Blizzards aus dem Tal des Tegeler Fließ's zu ihnen hinauf fegten oder eiskalte Graupelschauer im Herbst alles Leben zu ertränken suchten, konnten sie sich im kleinen Haus kaum wirklich aus dem Weg gehen. Und dann krachte es. Da reichten winzige Anlässe wie: „... das ist schon dein viertes Bier heute", „ … die Strippen deines letzten Tampons hingen mal wieder aus dem Eimer" oder „ … warum regst du dich ständig über deinen Job auf? Du kannst doch auch kündigen oder dich mal versetzen lassen!", um einen im Wortsinne handgreiflichen Streit zwischen ihnen vom Zaune zu brechen. Frauenfäuste flogen, Ringe verletzten die Gegnerinnen an Gesicht und Hals, Knie wurden in Unterleibe und Magengruben geschlagen.
Aber eine wundersüße Nacht, wenn sie sich nach so einer Auseinandersetzung wieder vertrugen, gab es jedes mal.
Nur dieses eine mal dann nicht.

*

Sheryl hatte die Schnauze voll. Sex oder einfach nur körperliche Zuneigung gab es von Rebecca in den letzten Jahren ihrer „Ehe" immer nur noch aus einem Streit heraus. Dann glitten ihre durchgeschwitzten, feuchten, teils blutigen Körper wegen der vorher gehenden physischen Anstrengung des Kampfes leicht an- und aufeinander. Aber immer häufiger mochte Sheryl Rebeccas Bierfahne, ihren ungewaschenen Schweißgeruch und ungepflegten Beine nicht mehr an sich und um sich herum. Nicht dass Rebecca sich generell gehen ließ! Sie war noch immer eine schöne, begehrenswerte, anmutige und äußerst gepflegte Frau. Jedoch schwitzte man nach einem handgreiflichen Streit nun mal und erwachsene Menschen riechen dann etwas streng, wenn der Streit nachmittags ist und man am Vormittag das letzte mal geduscht hat. … und dann war da noch Rebeccas andauernde Bierfahne.
Mit der Zeit schaukelte sich auf Sheryls Seite eine immer weiter zunehmende Abneigung gegen Rebecca auf. Sie

12

mochte sie schlicht nicht mehr berühren. Kleinigkeiten brachten sie auf. Sie war über den schwarzen Fussel in Rebeccas BH, der im Wäschepuff gelandet war genauso wütend, wie darüber mit welchen umständlichen Lippenbewegungen sie beim Essen das Fleisch von ihrer Gabel zuzelte oder dass Rebecca den wunderschön gemaserten, handgroßen Feuerstein, den sie einst bei einem Spaziergang an der Ostsee am Ufer gemeinsam gefunden hatten, immer und immer wieder in die Umrandung des Salatbeetes steckte, wo er als bald überwuchert und kaum noch sichtbar war. Da gab es viele dieser Kleinigkeiten.

*

Als Sheryl eines Tages an ihrer Lieblingstankstelle versehentlich, weil in zweifelhafte Gedanken gegenüber Rebecca versunken, in Germain hinein lief, und sie dabei synchron zwischen ihrer beider Brüste ihre beiden Pappbecher mit Latte Macchiato so zerdrückten, dass die Flüssigkeit beider Behälter über ihre Oberkörper schwappte, verliebte sie sich neu. Germain war bisexuell. Ihr Ehemann ahnte wohl nichts von ihrer Neigung, neben seinem auch das andere Geschlecht zu lieben. Nach dem „Unfall" auf der Tankstelle beschlossen beide Frauen, zusammen zur nächsten Boutique zu fahren, um sich zur Hälfte neu einzukleiden. Sie kicherten viel dabei und hatten trotz der an sich unschönen Situation viel Spaß miteinander. Deshalb tauschten sie anschließend ihre Kontaktdaten und verzichteten darauf, ihre jeweiligen privaten Haftpflicht-Versicherungen wegen des Vorfalls in Anspruch zu nehmen.

Sheryl und Germain trafen sich von da an immer häufiger, immer regelmäßiger und nachdem eine gewisse Zeit vergangen war und bei beiden der Wunsch nach rein körperlicher Nähe immer heftiger geworden war, flunkerten sie ihren jeweils festen Partnern das Blaue vom Himmel und verbrachten zunehmend ganze Abende und halbe Nächte in herunter gekommenen Hotels, in denen es den Portiers

gleichgültig war, wer sich bei ihnen einmietete und sie ihre Gäste nicht weiter mit Fragen behelligten. Wenn sich da zwei Frauen ein Zimmer nur für wenige Stunden nahmen, war es ihnen egal. Auch davon lebten solche Hotels.
Sie liebten sich in diesen Stunden so innig und zärtlich, wie sie es beide von ihren eigentlichen Partnern nicht kannten.

*

Der Schock, als Germain sich knapp zwei Jahre nachdem sie Sheryl kennen gelernt hatte, wegen einer Nichtigkeit, die sie erfunden hatte, um ihn los zu werden, von ihrem Ehemann Udo scheiden ließ und er sogar noch Unterhaltsverpflichtungen ihr gegenüber aufgebürdet bekam, war nicht von schlechten Eltern. Eine Scheidung war schließlich besser als ein Ragout aus Knollenblätterpilzen. Aber Germain wohnte vorerst weiterhin bei ihm im gemeinsamen Haus. Sheryl, die bei Rebecca nie eifersüchtig geworden war, wenn diese sich mal mit wem Anderes traf, wurde indes bei Germain von Eifersucht bis tief ins Herz erfasst und fand den Umstand, dass sie weiterhin von ihrer Geliebten getrennt wohnen musste, untragbar. Und so endete dieser eine Streit, dieser letzte Streit zwischen Sheryl und Rebecca vor fünf Jahren nicht mit einer Versöhnung und einem wiederholten, zuckersüßen Happy End wie sonst, sondern damit, dass Sheryl froh war, endlich einen Trennungsgrund gefunden zu haben, die etwas schmächtigere Rebecca über Nacht aus ihrem gemeinsamen Haus hinaus warf und sich selbst darin zunächst verbarrikadierte.

Rebecca schlief erst eine Nacht lang in ihrem Auto, dann zwei Nächte auf Arbeit und nahm sich danach, weil sie sich von Sheryl arg gekränkt fühlte, ein Zimmer in einem Hostel. Sie wollte nicht nach hause und dachte, ihre Partnerin würde sich schon nach ein paar Tagen wieder bei ihr melden. Rebecca stellte sich vor, wie Sheryl bei ihr angekrochen käme, wie sie im Triumphzug wieder in ihr Häuschen in

14

Lübars zurückkehren würde, wie sie gemeinsam heißen Versöhnungssex hätten und dass sie ihr aus Dankbarkeit die kleine gehäkelte Teedecke aus dem Nachlass ihrer Urgroßmutter schenken würde, um dann erneut Versöhnungssex zu haben. Bei dem Gedanken daran führte sie immer wieder ihre Hände zwischen ihre Schenkel und in ihren Schoß, so sehr verliebte sie sich in diese gedankliche Szenerie.

Aber nichts dergleichen geschah. Sheryl meldete sich einfach nicht. Eine Woche verging, eine weitere und noch eine. Rebecca konnte nicht ewig in diesem Hostel am Prenzlauer Berg wohnen bleiben. Sie hatte sich mittlerweile zumindest neue Unterwäsche und einmal Straßenkleidung zum wechseln besorgt und benutzte deshalb jeden Abend einen der wenigen noch existierenden Waschsalons. Ihr kleiner Fiat-Panda leistete ihr zwar bei den Wegen insgesamt gute Dienste, aber die Parkplatzsuche, gerade Abends zwischen Wedding und Prenzlauer Berg, verschlang oft mehr Zeit als die Fahrten zu den Waschsalongs.

Als Sheryl nach gut vier Wochen noch immer nicht bei ihr angekrochen war und sich die Freibadzeit näherte, in der Rebecca gern ihren kleinen Bikini mit den Gänseblümchenrüschen getragen hätte und sich auf den Liegestuhl in ihrem Garten am Häuschen in Lübars, mit Blick auf die Koppeln unten am Tegeler Fließ freute, unternahm sie nun den aus ihrer Sicht ersten Schritt zur Versöhnung, wissend, dass sie damit ihre Schuld an dem Streit würde eingestehen müssen und Sheryl dann despektierlich, zumindest für eine geraume Zeit, auf sie herab schauen würde.

*

Also fuhr Rebecca an einem sonnigen Samstagvormittag im Mai, mit einem Kasten einer ansehnlichen Auswahl der besten Craft-Biersorten einer kleinen Biobrauerei aus Moabit in ihrem Panda zu ihrem eigentlichen zuhause. Sie

musste wie immer die kleine Dorfkirche Lübars auf der denkmalgeschützten Dorfstraße, die auf ihren Wagen wie eine Teststrecke für die Wirkungsweise und Haltbarkeit von Stoßdämpfern wirkte, umfahren. Aber schon von weitem war zu erkennen, dass die Fenstersimse ihres Hauses neu gestrichen waren. Als sie durch ihr Gartentor ging, fehlte plötzlich das altgewohnte klappern des Riegels und das typische leichte Quietschen des unteren Scharniers. Nur aus den Augenwinkeln bemerkte sie, als sie mit ihrem Schlüssel in der Hand geradewegs auf die Eingangstür des Hauses zu ging, dass ihr gewöhnlicher Kopfsalat auf dem Gemüsebeet Lollo Rosso Salat gewichen war und an Stelle ihrer Zuckererbsen kleine Tomatenpflanzen an einem neuen Gerüst nach oben in Richtung Sonne rankten.
Gewohnheitsgemäß wollte sie ihren Schlüssel ins Türschloss stecken, aber da passte er nicht. Hatte sie etwa ... aus Versehen … den falschen in der Hand, … oder …?
Er passte wirklich nicht!
Rebecca wurde schlagartig so wach, wie selten in ihrem Leben. Zur Unsicherheit, wie wohl Sheryl auf ihre Rückkehr reagieren würde, kam jetzt blanke Wut. Was sollte das? Diese „Trullertante" würde sie schon erwischen, dachte sie bei sich und flitzte flinken Schrittes um die rechte Ecke des Hauses, hinter der ihr unerwarteter Weise plötzlich ein hüfthoher Strauch stachliger Berberitzen im Weg stand, dessen scharfe Dornen ihr sofort blutige Schrammen an Armen und Beinen zufügten.

„Verfluchte Scheiße! Sheryl, was soll das?", schrie sie vor Schreck. Sie versuchte, zur Veranda zu gelangen, die in Richtung Tegeler Fließ lag, aber auf beiden Seiten des Hauses hatte Sheryl anscheinend diese Dornenhecke gesetzt. Wie es schien, war der einzige Weg zur Veranda, der durch das Haus selbst. Aber sie wollte ja nun von der Veranda aus erst hinein, weil ihr Schlüssel zur Tür, vom Weg von der Straße aus, nicht passte. Also versuchte sie mit einem kühnen Sprung, … oh je, sie hatte in den letzten Jahren wirklich zu wenig Sport gemacht … über die Hecke, nahm Anlauf, bremste im letzten Moment doch noch ab, strauchelte dabei auf dem vom Morgentau im Schatten noch etwas glitschigen Gartenweg, schlug fast hin und kam nur durch einen beherzten Griff hinein in die Stacheln einer der Berberitzen nicht ganz zum Fallen, zerkratzte sich dabei aber Hände, Arme, Hals und Gesicht.

„Das wirst du mit büßen, du dusselige Planschkuh! Ich bringe Dich eines Tages um!“, schrie sie immer wütender werdend.

Darauf hin hob sich eine, der nach Süden, zur Straße hin, wegen der heute zu erwartenden Mittagshitze noch herunter gelassenen Außen-Jalousien um eine Hand breit. Ein Fenster dahinter öffnete sich einen Spalt und Sheryls Stimme rief: „Geh wieder nach vorn zur Eingangstür, aber bleib da und warte!“

Vollkommen verdattert wegen der unerwarteten Wendung der Situation, tat Rebecca, wie ihr geheißen und schlich, leicht ramponiert, hinkend, in ihrer Bluse klaffte plötzlich ein Dreiangel, wieder nach vorn.

Die Haustür öffnete sich zaghaft und Sheryl kam heraus, blieb aber auf der obersten der beiden Stufen stehen, wo sie auf Rebecca wartete, die erst um die Hausecke herum geschlichen kam.

„Du bleibst in mindestens drei Armlängen Abstand stehen!“, rief Sheryl. Rebecca tat, wie ihr geheißen, noch immer verwirrt von der plötzlichen Wendung der gesamten Situation.

Sie hatte doch … , sie wollte doch … , sich mit Sheryl versöhnen! Was aber geschah denn jetzt?

Hände mit blau lackierten Fingernägeln reichten von hinter dem Vorhang, der im inneren des Hauses hinter der Eingangstür hing, mehrere Umzugskartons nach vorn zu

Sheryl, die sie neben sich auf den Stufen aufstapelte.

Rebecca war fassungslos, als sie das sah. Als sie vor Sheryl im geforderten Abstand zum Stehen kam, dozierte diese im Wortsinne von oben herab: „Da biste ja endlich. Hatte dich schon eher erwartet."

Eine unangenehme Pause entstand. Rebecca war noch immer sprachlos wegen des gesamten Geschehens. Deshalb redete Sheryl weiter: „Hab hier erstmal ein paar Kartons mit Klamotten, damit du was anzuziehen hast. Und hier ...", blaue Fingernägel reichten ihr von hinter dem Vorhang einen Stapel Papiere, „... hab ich die Unterlagen für eine neue Wohnung für dich, die ich dir auf die Schnelle besorgt habe, damit du wo unterkommst." „... ist in Britz...", soufflierten ihr leise die blauen Fingernägel, die sich in den Vorhang krallten und ihn einen Schlitz breit öffneten, so weit, dass man im Haus alles was vor dem Haus geschah hören konnte, ohne selbst gesehen zu werden, zu. „Ist zunächst nur eine Mietwohnung in Britz. Den Abstand dafür hab ich schon mal bezahlt. Den verrechnen wir, wenn ich dich für das hier", Sheryl zeigte auf Haus und Garten, „ausbezahlt habe." Sie zögerte, weil Rebecca noch immer nichts sagte und fuhr fort: „Wenn du dich dort angemeldet hast, ab dem nächsten Ersten kannst du dort einziehen, melde dich bei mir. Meine Telefonnummer kennst du ja. Dann schicke ich dir durch ein professionelles Transportunternehmen deine Möbel und die restlichen Sachen. ... Ich müsste es eigentlich schaffen, Gerry hilft mir dabei...", Germain wurde im Gesicht vor Verlegenheit hinter ihrem Vorhang puterrot, „... dich bis zum Monatsende auszubezahlen."

*

Auf einmal war Rebecca wieder bei sich. Ohne ein Wort zu sagen, stürmte sie urplötzlich, ihre Hänsen in Richtung Sheryls Gurgel schleudernd, nach vorn. Diese aber hatte wohl mit solch einer Reaktion gerechnet und entglitt ihrer Angreiferin um Haaresbreite zurück ins Haus, wo innen schon blaue Fingernägel darauf gewartet hatten, die dicke, eichene Eingangstür zuzusperren, sowie Sheryl heil im Haus war.

Rumms machte es direkt vor Rebeccas Nase und mehrere Riegel fielen in ihre Schlösser. Während Rebecca wütend mit beiden Fäusten auf die Tür einhämmerte, glitt Germain ans nächst gelegene Fenster, hob von innen dessen Rollladen einen Spalt breit, öffnete das Fenster dahinter und rief: „Die Schlösser sind alle ausgetauscht! Brauchst gar nichts weiter zu probieren.", und verschloss alles wieder, um ja keine weitere Angriffsfläche für Rebecca zu bieten.

Diese schnaubte und tobte vor dem Haus wie ein Stier, dem der Torero soeben zum wiederholten mal seinen Hörnern ausgewichen war und der deshalb sein rotes Tuch triumphierend schwenkte. Das machte den Stier, das machte Rebecca, immer wütender!
Als sie merkte, dass sie nicht ins Haus hinein kam, griff sie sich den erstbesten der vor der Tür stehenden Kartons und trug ihn mit staksenden Schritten zu ihrem Auto vor dem Grundstück. Mit lautem Krach und Peng lud sie den Kasten mit den zwanzig Bierflaschen in insgesamt fünfzehn Biobiersorten aus dem Auto, bevor sie die Kiste mit ihren Klamotten darin verstaute. So ein Fiat-Panda ist halt klein und müsste mit kühlem Kopf beladen werden, wenn man als Fahrer darin mitfahren möchte.
„Dann sauf ick det schöne >Brewbaker< eben hier alleene!", schrie sie, nahm sich die erste Flasche, öffnete dessen Kronkorken am gusseisernen Gartentor und schüttete den Inhalt, leckeres dunkles Bockbier mit fast vierzehn Prozent Stammwürze, in sich hinein, bevor sie sich die nächste Kiste von der Eingangstür des Hauses holte. Und immer, nachdem sie eine neue Kiste in ihrem Panda verstaut hatte, trank sie eine weitere Flasche. Wenn es auch keine -halbliter, sondern nur 0,33-Liter Flaschen waren, so war dessen Alkoholgehalt, mit Ausnahme der hefetrüben

Berliner Weiße, in seiner Wirkung auf Rebecca doch sehr deutlich spürbar.

Sie tobte und schrie immer mehr.

„Du alte Pisstusse! Dich mach ich fertig, du Sau! Wie kannst du mir das nach all den Jahren antun! Ich hab dich immer gut behandelt! Versuch du mal ruhig die Votze deiner Neuen zu lecken! Die wird dich spätestens dann fallen lassen, wenn sie merkt, wie bescheuert du dich dabei jedes mal anstellst! Du bist ja nicht mal in der Lage, ordentlich zu fingern, du alte, abgegriffene Sau! Ich werde mich an dir rächen, du Mistvieh! Ich werde dich Töten! Ja, töten werde ich dich, Sheryl Sugorski! … … …".

Die Fenster der Nachbarhäuser schlossen sich. Niemand wollte auch nur versehentlich in den Streit der beiden als „Säbeltucken" Verschrienen hinein geraten.

Als sie alle Kartons in ihrem Wagen hatte, setzte sich Rebecca auf den Bierkasten, der eh nur noch zwischen ihre Beine am Fahrersitz gepasst hätte, weil sie den Panda so unmöglich beladen hatte, öffnete eine Bierflasche nach der anderen, trank die Flaschen aber nur höchstens bis zur Hälfte aus und warf sie dann auf den Weg bis zur Tür ihres Hauses, der aus echtem, rötlichem, südtiroler Porphyr bestand, wo die Flaschen dann laut scheppernd und ihre restliche Flüssigkeit in alle Richtungen spritzend, zerschellten. Die Samstagruhe bei einem ausgiebigen Spaziergang durch den Dorfkern von Lübars eigentlich genießen wollenden Touristen aus nah und fern sprangen entsetzt auf die andere Straßenseite, als sie damit begann. Auch Gaffer, die es leider überall gibt, suchten nun das Weite. „Ich werde dich eines Tages Töten! Das werde ich, Sheryl Sugorski! Du bist eine tote Frau! Und wenn du tot bist, ficke ICH deine Neue!" krakeelte Rebecca.

Als keine Flasche mehr im Kasten, warf sie schließlich diesen. Mit ihren nackten Händen versuchte sie jetzt, sie hatte ja nun keine Wurfgeschosse mehr, die Kopfsteine aus dem Pflaster auf der Straße vor ihrem Haus auszugraben. Dabei zeterte sie weiter: „Du wirst keine ruhige Minute mehr haben, du Pissnelke! Ich werde dich, jawohl, töten! Das werde ich. Und wenn es das Letzte ist, was ich tue, ich werde dich töten, du alte, verdreckte Schlampe!“

Als sie sich beim Ausgraben des ersten Pflastersteins ihre gepflegten, langen Fingernägel abbrach und einige so arg, dass sie die fast aus ihrem Nagelbett riss und es begann, dort fürchterlich zu bluten, kam sie erst durch diesen Schmerz zur Besinnung.

Sie musste gerade jetzt einen kühlen Kopf behalten, beschloss sie. Dennoch setzte sie sich so angetrunken, wie sie war, in ihr Auto. Aber sie fuhr nicht weit. Auf halber Strecke zwischen Lübars und Blankenfelde kreuzt der Berliner Mauerweg und trennt gewissermaßen beide Ortsteile und damit auch die Stadtbezirke Reinickendorf von Pankow. Direkt am einstigen Bahnhof der Heidekrautbahn in Blankenfelde gab es die Möglichkeit in der ehemaligen und im Laufe von Jahrzehnten mit Unkraut halb überwucherten Straßenzufahrt sich bis zum Nachmittag mit ihrem Auto für ein paar Stunden hinzustellen, ohne dass sie wen störte oder behinderte, um sich wieder halbwegs nüchtern zu schlafen.

*

Das alles war jetzt fast neun Jahre her. Ja, sie hatte zunächst die Wohnung in Britz, von Lübars aus gesehen einmal quer durch die Stadt, genommen. Sie war von Sheryl ausbezahlt, hatte ihre ganzen persönlichen Dinge und sogar ihre Möbel zurück bekommen und sich in Britz Anfangs gemütlich eingelebt. Aber sie hatte ihr Ziel nicht aus den Augen, aus ihrem Kopf verloren. Sheryl hatte ihr fast zwanzig Jahre ihres Lebens, ihres Glückes geraubt, redete sich Rebecca ständig ein. Und dafür müsse sie sterben. Selbst ihr bester Kumpel Nat brauchte von ihren Gedanken nichts zu wissen.

Nathaniel Bumppo kannte Rebecca bereits aus der Ausbildung. Er war damals sogenannter „1. Fachverkäufer" in dem Supermarkt in Ostberlin, sie eine Zeit lang einer seiner Lehrlinge. Supermärkte hießen in dieser Zeit im Osten „Kaufhallen" und hatten eine Stammbesatzung, je nach Größe, zwischen fünfundzwanzig und einhundertzwanzig sogenannten Vollzeitstellen. Weil viele Frauen, überwiegend waren im Einzelhandel damals Frauen, oft nur in Teilzeit arbeiteten, gab es den Lohnstreifen zufolge noch mehr Mitarbeiter in diesen Einkaufs-einrichtungen. Die Lehrlinge durchliefen in den zwei Jahren ihrer Ausbildung nacheinander alle Bereiche, von der Kasse, über die Selbstbedienung im Gemüse- und die Thekenbedienung im Fleisch-Wurstbereich bis hin zur Warenannahme und all dem, was damals „hinter den Kulissen" an Arbeiten noch anfiel.

Von Anfang an stand fest, dass Rebecca mit Männern nichts anfangen konnte. Und ja, er war das erste halbe Jahr, als er sie in seinem Bereich anlernte, wohl ein wenig verschossen in sie, das gab sich aber sehr schnell. Sie hielten den Kontakt über viele Jahre, verloren sich nach der deutschen Wiedervereinigung für ein Vierteljahrhundert aus den Augen, aber nachdem Rebecca bei Sheryl hinaus geflogen war, brauchte die kleine Frau moralische Unterstützung und so waren sie von einer gemeinsamen Freundin wieder zusammengeführt worden. Nat tauchte in Rebeccas Leben gerade auf, als sie ihre Wohnung in Britz frisch bezogen hatte. Sie trafen sich von da an unregelmäßig und telefonierten hin und wieder. Manchmal gingen sie zu Konzerten oder Vorträgen. Die Liebe zur Wissenschaft verband sie. Politisch gingen sie entgegengesetzte Wege.

Für Rebecca war dies weniger eine Zeit der Selbstfindung, als vielmehr eine Zeit der Recherche. Aus ihren deutschen Kasernen geflüchtete Russen, die für ein Handgeld ihre

Kalaschnikow, zusammen mit etwas passender Munition unter der Hand verscherbelten gab es schon seit mehr als zwei Jahrzehnten in Ostdeutschland nicht mehr. Also musste sich Rebecca etwas einfallen lassen, wollte sie an eine Waffe kommen. Zuerst dachte sie an ihren Vater. Vielleicht hatte der ja noch wo eine. Nicht alle kleinen Handfeuerwaffen waren nach dem Krieg an die Besatzungsmächte oder später die Polizei übergeben worden.

Bei guter Pflege, regelmäßigem Putzen und einölen hielt so eine kleine „Walther" oder „Pistole 08" durchaus mehr als einhundert Jahre. Ihr Vater hatte ihr immer davon berichtet, wie sein Großvater, also Rebeccas Urgroßvater, ein nach 1933 verfolgter und untergetauchter Sozialdemokrat, der in seinem ersten Urlaub von der Wehrmacht an der Ostfront desertiert und in Berlin in einer Kleingartenanlage am Priesterweg von Kommunisten versteckt worden war, immer zu seinem Schutz eine „Pistole 08" dabei gehabt hätte.

Aber was aus dieser geworden war, wusste Rebecca nicht.

Zudem war ihr Vater über viele Jahre hinweg Leiter eines Polizeiabschnittes in Ostberlin und so lag für sie die Vermutung nahe, dass ihr alter Herr in dieser Funktion mit dem „Ministerium für Staatssicherheit" zumindest konspiriert haben könnte. Darauf hatte Nat sie bei einem Treffen vor vielen Jahren einmal aufmerksam gemacht. Ihr Vater behielt zwar seinen Job nach der deutschen Wiedervereinigung, aber man hörte hin und wieder davon, dass die alten Seilschaften noch funktionierten und die noch immer verdeckten Reste „der Firma" sich um ihre Leute kümmerte, auch was deren Sicherheit betraf.

So jedenfalls hatte es ihr Nat am Tag des Todes ihres alten Herrn erklärt. Deshalb vermutete er und das sprach Nat ihr gegenüber auch so direkt aus, dass Rebeccas Vater womöglich noch illegal irgendwo eine Makarow- oder

Tukarew-Pistole versteckt haben könnte und sie deshalb sehr aufmerksam sein müsse, wenn sie gemeinsam mit seiner letzten Lebensgefährtin seinen Haushalt auflöste.

*

Nun, zwei Jahre nachdem Rebecca nach Britz gezogen war, begann es ihrem Vater immer schlechter zu gehen.

„Rache ist ein Gericht, das am besten kalt serviert wird."[2], hatte sie immer zu Nat gesagt, wenn sie auf ihre „vergurkte" Beziehung zu sprechen kamen. Das geschah leider erstaunlich oft, denn immer wenn sie angetrunken war und das war sie nicht selten, fing sie an, mit ihrem Schicksal zu hadern und zog dann, vom Vokabular her immer vulgärer werdend, über Sheryl her. Dabei schimpfte sie, zog sich immer weiter hoch und stieß immer heftigere Drohungen über ihre Ex aus. Nat konterkarierte das dann meist mit dem Satz: „Rache ist Blutwurst", um das Gespräch für sie beide in seichtere Bahnen zu lenken. Und er verwies darauf, wie er mit Rachegedanken, wenn sie denn mal bei ihm auftauchten, umginge. Er zitierte, was er als gläubiger Atheist nicht oft machte, aus der Bibel: „Mein ist die Rache, sprach der Herr!" und verwies darauf, dass es in seinen Augen einen kosmischen Plan gebe, nachdem jeder schon in irgendeiner Form seine gerechte Strafe für seine Handlungen bekäme und darauf solle Rebecca vertrauen. Diese Bestrafung gleich welcher Art käme jedoch nicht von heute auf morgen. Man müsse Geduld und Zeit haben und das Vertrauen in das gerechte Schicksal.

*

Bereits seit dem Beginn ihres Single-Daseins in Britz hatte sich Rebecca nach einem Ort umgeschaut, an dem sie für eine geraume Zeit würde untertauchem können. Eigentlich ist die Großstadt der ideale Platz, um unerkannt zu bleiben.

---

2   … erstmals so um 1745 als Sprichwort in Frankreich aufgetaucht, … den kennen sogar die Klingonen im Star Trek Universum

Gleichzeitig hat die Stadt aber auch überall ihre Ohren. Deshalb wollte sie aufs Land. Was hielt sie in Berlin? Nur noch ihr Vater, dem es zunehmend schlechter ging. Und dann ging es rapide mit ihm bergab. Ein relativ schneller Tod mit nicht all zu viel Leiden davor folgte. Ja, sie durchsuchte die väterliche Wohnung, er hatte sich von seiner Pension schon vor Jahren ein kleines Einraum-Apartment in der Altstadt von Spandau geleistet, mit Akribie. Sie schaute in jede Tasche, unter die Böden eines jeden Schubfachs in den Schränken, klopfte die Möbel auf mögliche Hohlräume ab, tastete sich durch all seine Reisetaschen und vergaß auch nicht, die Böden der Zimmer- und Balkonpflanzen heraus zu nehmen, in der stillen Hoffnung, die ja von Nat quasi genährt worden war, dass darin, irgendwo, ein Schießeisen und dazu passende Munition zu finden sei. Sie öffnete alle Bücher, alle Videokassetten und Tonbandhüllen, durchstöberte Lüftungsschächte und die Kisten mit dem Weihnachts-baumschmuck. Aber da war nichts.

Nur zwei Tage nach der Beisetzung ihres Vaters unter-schrieb sie den ihr bereits seit vielen Monaten vorliegenden Mietvertrag für eine Einliegerwohnung in Kummerow.

Weil sie das Geld dazu hatte, beauftragte sie eine kleine, Umzugsfirma, die all ihre Habe verpackte, nach Kummerow gondelte und dort in ihrer neuen Wohnung alles dahin stellte, wohin sie es haben wollte. Wobei sie für sich feststellte, dass eine Mansardenwohnung in einem Bauernhaus ja etwas Romantisches für den Urlaub, aber für zum richtig darin leben doch etwas zu niedlich, zu klein, zu verwinkelt war. Großstadtwohnungen sind zwar vom Umfeld her lauter, aber man bekommt da immer, auch bei einer geringen Quadratmeterzahl an Wohnfläche, relativ viel hinein. Hier in Kummerow konnte man nicht an jede Wand hohe Schränke stellen, weil die Hälfte der Fläche der Räume direkt unter dem schrägen Dach lag und selbst sie als kleine Frau bereits ihren Kopf einziehen musste, wenn sie am Fernseher eine DVD wechseln wollte.

Dafür war das Umfeld wiederum sehr nett. Blick aus dem Fenster und sie sah auf der einen Seite die Obst- und Gemüseparzellen der Dorfbewohner, die nicht direkt an ihrem Haus die Möglichkeit für die Anlage von Beeten hatten. Auf der anderen Seite war der See mit einer kleinen Marina, einer Sommerbadestelle und einigen Bootshäusern, die wie Perlen an einer Kette zwischen Schilf und einem dahinter im Wald befindlichen, verdeckten Feldweg lagen.

Im Sommer genoss sie die Kühle des Sees und die Dämmung des Reetdaches in ihrer Wohnung. Hier war es bei Hitze längst nicht so heiß, wie in dem immer aufgeheizten Berlin mit seinen großen, versiegelten Flächen. Andererseits war aber auch der Ausblick hier ein ähnlicher wie in ihrem ehemaligen Haus in Lübars. Wut stieg bei diesen Gedanken immer und immer wieder in ihr hoch. Aber es war ja noch nicht aller Tage Abend.

Sie begann, sich auf die nette Art im Dorf zu engagieren, um ihre Tarnung nicht zu gefährden.

Sie buk Kuchen für den Infostand der Volkssolidarität anlässlich des jährlichen Festes der ersten urkundlichen Erwähnung Kummerows in historischen Unterlagen zur Sommersonnenwende, fegte jeden Tag den Extraeingang und die Straße vor ihrer Wohnung, trank und spendierte am kleinen Kiosk an der Marina, dem einzigen öffentlichen quasi-Lokal der Gegend, den Männern gern die eine oder andere Runde Bier und feierte auch mit den Nachbarn in ihren Schrebergärten, als die wie jedes Jahr zum Tag der Deutschen Einheit ihr kleines Dorffest ausrichteten. Wobei die Hauptakteure des ganzen Festes dies bereits zu Zeiten der DDR organisiert und gefeiert hatten.

Um den Anschein, auch gegenüber Nat zu wahren, zerstritt sie sich dabei immer mal wieder mit dem einen oder anderen Vereinsmitglied oder Dorfnachbarn. Aber ihr Geld, mit dem sie förmlich um sich warf, kittete fast immer, was sie vorher an Porzellan zerschlagen hatte.

Was niemand wusste war, dass sie ihre angeblichen Einkäufe oft und regelmäßig weit über Stavenhagen hinaus führten. … bis nach Lübars. Meist fuhr sie bis Neustrelitz oder gar Oranienburg, wo sie dann auf einen unauffälligen Mietwagen umstieg, nachdem sie ihren Panda ein paar Querstraßen vor den jeweiligen Autovermietungen, sie versuchte diese häufiger zu wechseln, irgendwo abgestellt hatte. Sie nutzte für Lübars auch die klassischen Verkleidungsmethoden aus Kriminalromanen wie Sonnenbrille, Hut, Perücke, angeklebter Bart, Basecap oder einfach nur typische Männerklamotten. Manchmal setzte sie auch eine einst erworbene Schaufensterpuppe auf ihren Beifahrersitz. Halbe Nächte lang beobachtete sie so getarnt, mit ihrem Feldstecher vor den Augen, das Geschehen in und vor ihrem ehemaligen Haus in Lübars. Die im Herbst beginnenden längeren Nächte begünstigten dies.

Auch von ihren anderen Wegen wusste niemand. Ihre Einkäufe verband sie genau so regelmäßig unregelmäßig mit ihren Besuchen in einem ganz speziellen Verein in Stavenhagen. Als ehemalige Verwaltungsbeamtin hatte sie von Haus aus einen sehr gnädigen und guten Leumund und so war es für sie kein Problem, dem ansässigen Schützenverein beizutreten und dort nach einer gewissen Probezeit auch allein an dessen Waffenschrank zu gelangen. Um nicht rein versehentlich, wie es so ihre Art war, mit Vereinsmitgliedern in Streit zu geraten, suchte sie sich immer, sofern das möglich war, Zeiten auf dem vereinseigenen Schießstand, zu denen relativ wenig andere Vereinsmitglieder anwesend waren. Es dauerte jedoch fast zwei Jahre, bis das Vertrauen des Vereins so groß in sie war, dass sie ihre eigenen Pistolen bekam, die sie sogar mit zu sich nach hause nehmen durfte. Dafür musste sie einige Regeln einhalten. Sie musste beim Transport die Waffen in einer extra verschlossenen Stahlkassette in ihrem Auto aufbewahren und musste anschließend diese Kassette in ihrer Wohnung in einem extra für diesen Zweck angeschafften Tresor einschließen.

Das gab ihr nun wiederum die Freiheit, ihre Schießübungen vom Schießstand des Vereins illegal in andere Gegenden zu verlagern. Dazu bot sich das ehemalige NVA-Gelände in Basepohl an. Das Betreten des Geländes war, weil man nicht wusste, welche Altlasten es im Boden an einst gelagerter Munition und Blindgängern beherbergte, zwar offiziell verboten, aber menschliche Hinterlassenschaften aus jüngerer Zeit, wie mit Werbung bedruckte Plastiktüten, leere Bierdosen oder illegale Bauschuttablagerungen zeugten von anderem.

Die Eierschalen von größeren, bodenbrütenden Vögeln, Rebecca vermutete Nandus, fand sie am Waldrand. Das brachte sie zu dem Schluss, dass hier zwar Menschen hin und wieder anwesend waren, aber die Gegend dennoch so abgeschieden war, dass selbst relativ große und regelmäßig bejagte Tiere auf dem Gelände bei Basepohl genügend Ruhe fänden, um zu brüten und sogar ihre Jungen aufzuziehen.

Dieser ehemalige Helikopterflugplatz hatte freie Flächen und Schützengräben, die einst Schießübungen der hier stationierten Soldaten dienten. Sie überlegte ein paar mal, ob sie diese nehmen sollte, aber das Risiko, dass sie eventuell gehört werden könnte, oder dass sie versehentlich ein Tier dabei tötete, störte sie dabei. Zum einen liebte sie Tiere über alles, zum anderen war die Gefahr für sie zu groß, dass womöglich irgendein Jäger ihre Munition in einem der Tiere fände und man so auf ihre illegalen Schießübungen auf bewegliche Ziele stieße. Deshalb fand sie eine Baracke, die am einstigen und nun nicht mehr benutzten Tower zur Flugüberwachung stand, besser. Sie polsterte innerhalb weniger Wochen mit alten, ausgedienten Matratzen und mit Silikon gefüllten Eierkartons zwei der Wände der Baracke aus, denn sie wollte nicht durch an den Betonwänden eventuell abprallenden eigenen Geschossen selbst verletzt werden, baute neue Schlösser in die Türen zu dem Gebäude ein und begann mit ihren eigenen Schießübungen. Wobei sie sich ihre beweglichen Ziele nur in ihrer Phantasie vorstellte.

So gingen die Wochen dahin. Sie übte heimlich schießen, observierte unregelmäßig ihr ehemaliges Haus in Lübars und spielte in Kummerow lieb Kind. Mit Nat telefonierte sie hin und wieder. Das war aber ihr einziger offizieller Kontakt nach Berlin.

Einmal kamen ihr kurz Zweifel an ihrem Vorhaben. Das war, als Nat ihr erzählte, wie er sich am Vormittag eines sonnigen Frühlingstages an seinem Motorrad zu schaffen gemacht hatte, als eine von Elstern gejagte Ringeltaube auf ihrer Flucht direkt über ihm an eine Hauswand knallte, abstürzte und nur einen Meter von ihm entfernt vor seinen Füßen abgestürzt war.
Nat erzählte ihr dabei, wie erschüttert er war, als er sah, wie das arme Tier noch einmal seinen Kopf hob, ihm direkt in die Augen sah, als wolle es sagen: „Was ist mit mir? Bitte hilf mir!" und er dann sah, wie das Auge des Tieres brach und sein Kopf wieder auf das raue, Berliner Straßenpflaster sank. Der Anblick des vor seinen Augen sterbenden Tieres hatte Nat innerlich dermaßen aufgewühlt und mitgenommen, dass er sich schwor, dieses Erlebnis in schriftlicher Form aufzubewahren[3] und es vor allem Rebecca ans Herz zu legen, damit sie nicht eventuell in

---

3   … was der Autor hier getan hat …

einem von Alkohol benebelten Zustand auf die Idee käme, sich vielleicht einmal mit einem Messer auf ihre Ex zu stürzen.

Nat wusste von ihren heimlichen Vorbereitungen nichts. Rebecca hingegen war ganz klar, wie sie ihn mit gezielten Desinformationen versorgen konnte. Sie berichtete von ihrem Handwerker, dem wohl einzigen im ganzen Landkreis, der nicht in der Lage war, ihr ihre Toilettenspülung ordentlich und ohne Aufpreis zu reparieren. Sie erzählte ihm von der zauberhaften Hunde-halterin, mit der sie in ihrem aufblasbaren Kajak nur zwei Stunden unterwegs gewesen war, bis sich „die Schlampe nicht mehr zu benehmen wusste und statt ihrer lieber ihren wild herum springenden Terrier knutschte". Sie sprach von ihrem bevorstehenden Urlaub an der polnischen Ostseeküste und davon, dass sie ihn, George, gerne dazu mitnehmen würde. Aber Nat lehnte dieses an sich zauberhafte Angebot gern ab, wusste er doch, wie streitsüchtig sie wurde, wenn sie etwas getrunken hatte und sie war dies ja jeden Abend.

Nach diesem Urlaub ohne ihn sprach sie davon, dass sie dort bei Danzig eine zauberhafte, süße Polin kennen gelernt habe. Aber bereits zwei Wochen später kamen von ihr diesbezüglich wieder sehr abwertende Bemerkungen, so in der Form „... soll doch froh sein, dass sie von einer ordentlichen Deutschen überhaupt hätte genommen werden können ...".

Nat wusste, dass Rebecca zwar politisch links erzogen, aber so weit links war, dass sie rechts schon wieder vorschaute. Rebecca hasste! Sie hasste alles abgrundtief, was ihr nicht in den Kram passte. Die ukrainischen Flüchtlinge, Hundehalter, die die Hinterlassenschaften ihrer Vierbeiner nicht sofort selbst mitnahmen, Obdachlose auf öffentlichen Flächen und Bänken, die Politik aller Parteien und sie wiederholte dann: „... in einer ordentlichen Diktatur wäre das undenkbar! Da haben wir noch alle aufeinander aufgepasst! ...". Sie hasste Russland, die Ukraine, die USA und China gleichermaßen. Eigentlich hasste sie die ganze Menschheit und wie Nat vermutete, am allermeisten hasste sie in ihrem Inneren sich selbst.

Dagegen sprach sie immer wieder mit sehr freundlichen Worten von Taiwan und den netten Menschen dort, ihrer Höflichkeit und den angenehmen Sitten, von dem chinesischen Essen und dessen Vorzügen. Sie war bisher zweimal je drei Wochen in Taiwan im Urlaub gewesen und mochte das dortige Lebensgefühl. Nat hingegen hatte einen ganz anderen Sehnsuchtsort: die Pitcairn-Inseln! Die Nachfahren der einstigen Meuterer der Bounty leben dort. Diese Meuterer waren auf deren Hauptinsel am 15. Januar 1790 hier mit ihren Frauen und Familien gelandet und hatten sich dann angesiedelt. Von den vier Inseln ist nur eine Besiedelt. Sie sind die Reste der britischen Überseegebiete im Pazifik und hatten 2023 kaum mehr als insgesamt vierzig Einwohner. Aber in Nats Alter war das Auswandern dort hin illusorisch. Wie sollte er von diesen Inseln in jedem Quartal zu seinen ganzen Ärzten gelangen, die ihm einzig durch ihre regelmäßigen Kontrollen und Medikamente ein halbwegs sorgenfreies Leben, Überleben, sicherten. Sicherlich könnte er auf Pitcairn ohne Einschränkungen seinen eigenen UKW-Radiosender betreiben, aber wahrscheinlich wäre er dort den größten Teil des Tages eher mit dem Anbau, der Pflege und dem Fang seiner Nahrung, auch in tierischer Form als Hühner oder als Frischfisch beschäftigt.
Keine fertigen Doseneintöpfe oder Tiefkühlkost. Statt dessen stünde dort wohl täglich wechselnd Maisbrei mit Fisch, Ei mit Reis oder selbst gebackenes Brot aus selbst angebautem Getreide auf seinem Speiseplan und nur im Notfall gäbe es mal selbst gemachte Nudeln, deren Getreide er indes auch würde selbst anbauen müssen. Insofern

träumte er gern von den Pitcairn-Inseln, wusste aber auch, dass er sehr schnell Klimaaktivisten, fast tägliche Demos, Cafés an jeder Ecke und das Aufjaulen der S-Bahn auf ihrem Ring wenn sie anfuhr, vor allem Nachts vermissen würde.

So redeten Nat und Rebecca beide immer gut aneinander vorbei, jeder von seinen Träumen begeistert, aber nur Rebecca würde ihren wohl erfüllen können.

*

Rebecca war derweil sehr fleißig. Sie legte falsche Fährten, wo sie nur konnte. Mal sprach sie in ihrem Freundes- und Bekanntenkreis davon nach Taiwan auswandern zu wollen, mal von Shanghai, dann fand sie Südkorea sehr nett, im nächsten Moment sprach sie von Thailand, dann vom Süden Japans, von Burma und Sri Lanka, aber Taiwan tauchte dabei immer wieder und sehr regelmäßig auf.

Eine weitere falsche Fährte war, dass sie überall herum erzählte, mit wem sie sich so herum gestritten habe. Da war der Eierverkäufer aus Stavenhagen, der Eismann aus dem Nachbarort mit seinem Verkaufswägelchen, der Braumeister der nächst gelegenen Familienbrauerei, die die Marina in Kummerow regelmäßig belieferte. Da waren einzelne Menschen aus dem Kleingartenverein, Leute aus dem ansässigen Anglerverband, der Bürgermeister von Kummerow und so weiter.

Wichtig war für sie, dass sie diese Streits öffentlich machte, denn nur so würde man ihr abnehmen, dass sie eigentlich schon immer auswandern wollte.

Dass man das im Anschluss an ihr Vorhaben durchaus auch als Negativ würde auslegen können, darauf kam sie nicht. Tja, es gibt halt kein perfektes Verbrechen.

*

Es vergingen einige Jahre, in denen sie unter dem Radar aller anderen an ihrer Rache arbeitete. Niemand traute es ihr wirklich zu, aber jeder wusste, dass sie wie reines Nitroglycerin war, weil sie ständig, bei der kleinsten

32

Störung ihres Lebens oder ihrer Ansichten wie eine Bombe explodierte. Sie konnte dennoch geduldig sein, so schwer es ihr auch fiel. Sie hatte schließlich viel zu bedenken. Die falschen Spuren, ihr Schießtraining, ihr Auswandern. Ja, sie hatte immer von Taiwan geredet. Ihr eigentliches Ziel war indes Kuba, weil dieses Land nicht so gut mit der Europäischen Union zusammenarbeitete, es noch immer ein Wirtschaftsembargo Seitens der USA und der EU gab und weil Rebecca deshalb hoffte, im Ernstfall nicht nach Deutschland ausgeliefert zu werden, sondern unter Umständen in Kuba untertauchen zu können.

*

Und dann ging alles ganz schnell. Der Geburtstag ihrer Ex-Sheryl fiel in diesem Jahr auf einen Karfreitag. Weil Rebecca wusste, dass an diesem Tag deren Eltern am Liebsten zu ihr nach Hause zum Feiern kamen, ihr Vater war bereits auf dem Weg zum Methusalem und entsprechend klapprig auf den Beinen, Sheryls Mutter litt an Parkinson, war die Chance sehr groß, Sheryl am späten Abend ihres Geburtstags, in der Nacht davor oder an ihrem Geburtstag selbst, wenn sie mit dem Köter ihrer neuen Beziehung Gassi ging, genau dort zu erwischen, wo Rebecca sie haben wollte, in oder genau vor „ihrem" Haus, in diesem kannte sie sich notfalls auch im Dunkeln aus oder auf einem der Wege zwischen den Wiesen am Tegeler Fließ.

Sie veranlasste die Mietzahlung für ihre Wohnung in Kummerow noch für April, stornierte ihren entsprechenden Dauerauftrag für ab Mai, beließ aber ihre Möbel in der Wohnung, die Gardinen an den Fenstern und die Pflanzen auf dem Balkon, denn es sollte ja für die Kummerower so aussehen, als wäre sie nur für ein paar Tage verreist. Um auch weiterhin diesen Anschein zu wahren, bezahlte sie die Mitgliedsbeiträge in all den Vereinen, denen sie angehörte, stornierte aber auch diese Daueraufträge für ab dem dritten Quartal. Was ein paar Tage nach ihrem Verschwinden den

Leuten in Kummerow indes auffiel war, dass sie ihre Zeitungs-Abos bereits für ab April gestoppt hatte. Die weiterlaufen zu lassen, daran hatte sie überhaupt nicht gedacht. Wie es so auf einem Dorf ist, hatte dies die nette Briefträgerin bei einem Schwatz mit einer Nachbarin verraten. Das machte dann natürlich die Runde und es gab die wildesten Spekulationen, was mit Rebecca sei. Einige vermuteten einen längeren, geplanten Krankenhausaufenthalt von ihr, vermutlich wegen eines Tumors mitten im Gesicht. Da hatte sich doch immer eine ihrer Wangen so komisch vorgewölbt. Aber das konnte man nur sehen, wenn man es wusste und es war die rechte, ja die linke, oder doch die rechte Seite, das wussten alle ganz genau, denn jeder im Dorf hatte das ja so bei der rechten oder linken Wange an Rebecca gesehen!

Am Anfang der Karwoche rief Rebecca Nat an. „Du ich fliege am Karfreitag nach Taiwan. Willst du von mir noch etwas haben? Ich hab da noch meinen ersten Atari-Computer, so mit Videospielen und Magnetbandkassetten als Betriebssystem und Speichermedium. Der ist bestimmt was Wert. Und eine von meinem Urgroßvater von einer Safari nach Uganda mitgebrachte aus Ebenholz geschnitzte Negersklavin, die eine Amphore trägt, hab ich auch noch. Du kennst die! Die stand bei mir immer im Korridor auf der Anrichte im Weg! Die kannst du haben. Musst die nur nochmal mit etwas Leinöl polieren, damit sie wieder gut aussieht. Die ist bestimmt auch noch was Wert. Und dann hab ich da noch dieses alte Röhrenradio von meinem Vater, das kannst du haben zum verscherbeln. Und meinen neuen Computer hab ich auch noch abzugeben. Den muss ich nicht per Luftfracht nach Pjöngjang ...“ „Die Hauptstadt von Taiwan ist Taipeh!“, unterbrach Nat sie kurz. Rebecca ließ sich aber nicht aus dem Konzept bringen und redete unverdrossen weiter. „... also den Rechner muss ich nicht mit dahin nehmen, der ist ja viel zu schwer fürs

Handgepäck. Den kannst du auch haben." „Du willst wirklich Deutschland verlassen?" „Ja, na was soll ich denn hier. Hab doch keinen mehr. Und in Taiwan sind doch die Menschen immer so nett zu uns Europäern ...." „Wann willst du denn hier vorbei kommen?" „Na ich weiß noch nicht, ... übermorgen oder Gründonnerstag."

So zeitlich unbestimmt waren sie verblieben.
Nat wunderte sich, dass er von Rebecca nichts mehr weiter hörte und arbeitete wie immer mit wenig Enthusiasmus an irgendwelchen Texten im sogenannten Homeoffice, als es am Gründonnerstag zur späten Mittagszeit bei ihm an der Wohnungstür sturmklingelte. „Oh, diese verfluchten Lieferdienste!", brubbelte er laut, als er zur Klingelanlage ging. Als er den Türsummer betätigte, flötete Rebecca sofort durch die Wechselsprechanlage: „Kannst du mal kurz runter kommen? Ich hab da was für dich. Da musst du mir aber tragen helfen."
Gehorsam tat er, wie ihm geheißen und kam ihr zur Haustür entgegen. Eine große Kiste zog sie gerade aus dem Heck ihres PKW, der offenbar einer Mietwagenfirma gehörte. Sie sah seinen Blick und antwortete, ohne von ihm gefragt worden zu sein: „Hab meinen Wagen bereits Verkauft. ... Hilfste mir mal?"

Um wieder einmal eine falsche Fährte zu legen, weil sie vermutete, mit ihrem Berliner Kennzeichen in Oranienburg aufzufallen, war sie zunächst mit ihrem Panda nach Teltow gefahren und hatte ihn dort abgestellt. Von Teltow fuhr sie mit der S-Bahn nach Straußberg, um sich diesen PKW, den sie jetzt fuhr, zu mieten. Mit dem fuhr sie nach Teltow zu ihrem Panda und lud dort alles von einem in den anderen Wagen um. Als sie dies getan hatte und ihr kleiner Wagen leer war, fuhr sie mit dem Panda nach Falkensee, um ihn dort einem Händler zu verkaufen, mit dem sie schon vor einigen Wochen Kontakt aufgenommen und mit dem sie dieses Treffen am heutigen Tag vereinbart hatte. Nachdem recht schnell alle Formalitäten erledigt waren und es bereits sehr später Nachmittag war, entschloss sie sich, ad hoc und nach einem klärenden Telefonat, mit der BVG nach Kladow zu fahren, um sich dort für eine Nacht in einer Pension einzumieten, was trotz der bevorstehenden Feiertage und der Schulferien in einigen Bundesländern erstaunlich reibungslos klappte.

Für die Wege in Berlin, mit seiner Ausdehnung von dreißig mal vierzig Kilometern und dem dicken Speckrand drum herum, brauchte man einfach Zeit, auch wenn das Nahverkehrsnetz relativ dicht getaktet und häufig sogar pünktlich war. Das Zimmer in der Pension in Kladow war nett und beinhaltete für eine Nacht ein einfaches Abendessen und auf Wunsch mit Aufpreis sogar Frühstück am nächsten Morgen. So nahm sie es auch.

Um ihren Mietwagen aus Teltow zu holen, wollte sie nicht umständlich mit dem Bus erst nach Spandau fahren, um von dort mit der S-Bahn bis zum Ring und auf diesem bis nach Südkreuz zur S-Bahn nach Teltow zu gelangen, sondern sie nahm einen direkteren Weg.

Die Fähre von Kladow nach Wannsee fuhr einmal pro Stunde und die zwanzig Minuten auf dem Wasser genoss sie als Dampferfahrt mit Aussicht. Dort war die Pfaueninsel, da Schwanenwerder und der alte, aber noch immer genutzte Sendemast für Radio und Fernsehprogramme auf dem Schäferberg war auch nicht zu übersehen.

Das gleichfalls nicht zu übersehende historische Strandbad, das die kleine Cornelia Froboess 1951 besungen hatte: „... Pack die Badehose ein, nimm dein kleines Schwesterlein und dann nüscht wie raus nach Wannsee...", lag halb links in Fahrtrichtung.

Von Wannsee fuhr sie wegen des einfacheren Umsteigens mit der S-Bahn nur bis Zehlendorf und von dort mit der Buslinie X 10 nach Teltow hinein. Auf einem Parkplatz an der Ruhlsdorfer Straße hatte sie ihren Mietwagen abgestellt und mit diesem war sie nun, an diesem Gründonnerstag, zu Nat an den Prenzlauer Berg gefahren.

Jetzt also hievten sie gemeinsam diese, ihre große Kiste zu ihm nach oben. Aber sie ließ ihm keine Zeit, denn sie wollte die Initiative nicht verlieren und ihn nicht nachdenken lassen. „Da ist alles drin, Kabel, Computer und, hier sieh mal, ganz nach oben gepackt hab ich sogar noch meine ganzen Pionier- und FDJ-Ausweise." Nat war nur am Rechner gelegen, wusste er doch, dass DDR-Museen und Gedenkstätten mit allen möglichen historischen Ausweisen regelrecht überschwemmt wurden. Indes, er ließ sich nichts anmerken. Sie redete stakkatoartig weiter: „Gibt's hier was, wo man deutsche Küche serviert bekommt? Ich hab bevor ich nach Taiwan abreise noch Appetit auf fettes Eisbein mit Sauerkraut und Erbspüree." Nat wusste, wo es das gab und so fanden sie sich nur eine Viertelstunde später, der Prenzlauer Berg ist ja von seiner Größe her überschaubar, in einem Restaurant wieder, in dem bayrisch gekocht wurde.

Sie schwatzten und scherzten und Rebecca rief noch in einer Pension an, denn sie wollte ja und das betonte sie Nat gegenüber immer wieder, diese eine Nacht noch in der Nähe Berlins bleiben, bevor sie am morgigen Vormittag ein Flieger ab dem BER direkt nach Taiwan bringen würde. Sie wusste den Namen der Pension, in der sie diese Nacht gebucht hatte, nicht mehr ganz genau, deshalb half er ihr mit seinem Handy im Netz nach der Suche, damit das Navi ihres Autos auch den Weg geschwind finden könnte. Nat wunderte sich zwar, dass sie ausgerechnet im Norden Berlins, in Hohen Neuendorf, übernachten wollte, weil doch der BER im Süden lag, aber auch auf diese von ihm nie ausgesprochene Frage war Rebecca offenbar vorbereitet. „Weißte, das ist wegen diesem tollen chinesischen Restaurant dort, der >Himmelspagode<, in dem ich heute noch zu Abend essen und morgen frühstücken werde, bevor ich abhaue." Nat prüfte das nicht nach, sonst wäre ihm aufgefallen, dass das besagte Restaurant in Hohen Neuendorf erst ab Mittags geöffnet war und dort kein Frühstück serviert wurde. Deshalb gab er sich mit ihrer Auskunft zufrieden. Vielleicht hilft es Rebecca ja, von Berlin Abschied zu nehmen, wenn sie noch einmal auf dem Weg nach Taiwan durch die Stadt hindurch führe, dachte er kurz.

Sie brachte Nat nach dem gemeinsamen Essen wieder nach hause. Ihrer beider Abschied war schnell und ohne viel Tamtam. „Du meldest dich, wenn du dich da eingelebt hast!", rief er ihr nach einem kurzen Knutscher auf die Wange bereits halb im Gehen nach und sie versicherte, dies als aller Erstes zu tun.

*

Nathaniel Bumppo hörte in den kommenden Wochen nichts von Rebecca. Er wunderte sich zwar darüber, aber er dachte, sie sei noch nicht wirklich in ihrem neuen Leben angekommen. Vermutlich waren die Einheimischen zu jemand Fremdem, der aus einer vollkommen anderen Kultur kam und plötzlich zwischen ihnen, mit ihnen leben wollte, anders als zu den Touristen. Und natürlich ist ein Urlaub in einer fremden Kultur immer etwas ganz anderes, als wenn man dort plötzlich fest lebt und sich mit den Gegebenheiten, selbst wenn man genügend Geld hat, auseinandersetzen muss. Man hörte ja so viel von Bandenkriegen, Erdbeben, Taifunen und Rebellionen in anderen Ländern. Es war auch gut möglich, dass Postflieger, die bisher von Taiwan aus direkt über Russland geflogen waren, wegen des Ukraine-Krieges nun auf einer anderen Route um den Erdball, über Amerika, fliegen mussten. Da waren so viele Unwägbarkeiten, dass Nat sich durchaus vorstellen konnte, dass er von Rebecca zumindest ein gutes halbes Jahr lang nichts hören oder lesen würde, obwohl ein kurzes

38

ferngesprochenes „Hallo" oder eine SMS sicher möglich gewesen wären. Aber Nat wusste aus Erfahrung, dass man Geduld haben musste. Deshalb wartete er einfach ab. Die Konversationen mit ihr, auch wenn sie meist belanglos waren, fehlten ihm dennoch.

*

Klatschmohn und Kornblumen tüpfelten mit ihren roten und blauen Blüten die halbwegs natürlich bewirtschafteten Getreidefelder oder zumindest die wenigen noch vorhandenen Feldraine rund um die Hauptstadt, als Nat eines schönen Sommertags plötzlich sehr amtlich aussehende Post aus seinem „Giftschrank", wie er seinen Briefkasten immer nannte, entnahm. An Rechnungen oder Zahlungsaufforderungen hatte er sich ja mittlerweile gewöhnt. Bei Post von Ämtern, egal ob Finanz- oder Arbeitsamt, bekam er regelmäßig Schnappatmung. Der wöchentliche Packen an Werbezeitungen und -Zetteln landete bei ihm immer mit kühnem Schwung sofort in dem Container mit dem Altpapier auf dem Innenhof der Wohnanlage, in der er hauste, sofern der ausnahmsweise einmal gerade leer war. Dabei musste er regelmäßig aufpassen, dass sein monatliches Zeitungs-Abo, das oft gleichfalls in „schöner" Folie verpackt war, nicht gleich versehentlich zusammen mit der Werbung im Container verschwand. Handschriftliche Urlaubskarten oder Geburtstagsgrüße waren dagegen im „Giftschrank" heutzutage die absolute Ausnahme.

Nun also amtliche Post zwischen der Werbung, das sah er am grauen Umschlag aus recyceltem Papier. Schnappatmung!

Die nahm an Intensität zu, als er mit halb zugekniffenen Augen, weil er seine Lesebrille natürlich jetzt nicht zur Hand hatte, den Absender des Briefes las: „Mordkommission Berlin". Himmel, dachte er, du kannst doch auf deinem Moped niemanden überfahren haben. Oder hast du eventuell einen Unfall verursacht, ohne dass du es weißt? Während er die Stufen zu seiner Wohnung, immer langsamer werdend, erklomm, geisterte plötzlich eine Ahnung durch seinen Hinterkopf, die in Worte gefasst etwa so aussah: hat sich Rebecca was angetan und die haben jetzt ihre skelettierte Leiche wo gefunden? Oder hat sich Micha was angetan, der ist ja auch immer so arg depressiv? Als er oben in seiner Wohnung angelangt war, warf er den Brief zunächst auf seinen Bürotisch, zog sich seine häuslichen Wohlfühlklamotten an und dachte bei sich, noch bevor er den Brief öffnete: jetzt brauchst du erstmal 'n Schnaps.

Früher, vor vielen Jahrzehnten, als er noch jung und „ungeküsst war", war er regelmäßig volltrunken. Wie er erst nach dem Tod seiner Eltern gemerkt hatte, war er grundsätzlich und in den letzten Jahren ihres Lebens eigentlich nur noch bei den Familienfeiern volltrunken gewesen. Nach Liquidierung aller anderen Ursachen war er erst vor wenigen Monaten zu dem Schluss gekommen, dass die „eigenen Familienfeiern" und seine alkoholischen „Vollrausche" vermutlich in direktem Zusammenhang mit einander standen. Seine Familie existierte seit knapp fünfzehn Jahren nach dem Tod seiner Eltern nicht mehr und somit gab es keine Familienfeiern, bei denen es einen Grund gab, sich zu betrinken. In der Folge trank er so gut wie gar keinen Alkohol mehr.

Er hatte mittlerweile einen ganzen Schrank voll, angesammelt mit Flaschen, in denen gute Weine, Cidres, Biere, Sekt, Whisky, Boonekamp oder Brände lagerten, aber einzig die Flaschen mit dem Rum und dem Magenbitter verloren stetig, wenn auch langsam, sehr langsam, über viele Monate hinweg ihren Inhalt. Diese Alkoholika setzte er, wie Nat immer sagte, nur zu „medizinischen Zwecken" ein. Den Boonekamp gab es zu Weihnachten, wenn die fette Gänsebrust, die er immer für sich allein zubereitete, zu fett war und er den Schnaps als „Fettzerstäuber" benutzte. Wenn mal wieder ein Norovirus die Runde machte, nahm er ihn gleichfalls ein. Der Rum wurde indes meist am ersten kalten Tag im Herbst eines jeden Jahres, für Grog gebraucht. Wenn er bis auf die Knochen durchgefroren nach Hause kam, das war dann der richtige Moment für einen Grog. Wenn hingegen im Sommer mal eine Erdbeere oder einige wenige, einzelne Heidelbeeren aus dem Sonderangebot im Supermarkt noch nicht ganz reif waren, landeten diese Früchte in dem kleinen Schraubglas, das einst doppelt konzentrierten Rinderfonds enthalten hatte. So sagte es jedenfalls das mittlerweile arg abgegriffene Etikett darauf. Ein paar wenige frische Beeren, ein Löffel Zucker und nur so viel Rum dazu, das alles wieder in Flüssigkeit schwamm, waren das weitere Anwendungsgebiet für das „flüssige Gold des Zuckerrohrs".

Insofern hatte Nat also genügend Auswahl. Er griff zum Obstbrand, bevor er den Brief der Mordkommission mit zitterigen Fingern öffnete. Das Cuttermesser glitt ihm dabei fast aus der Hand und verfehlte den Ballen am linken Daumen nur um Haaresbreite.
Dann las er: „... sie sind aufgefordert, am … um … Uhr im Polizeiabschnitt 12 zu einer Zeugenvernehmung zu erscheinen. Es geht um einen Vorfall am … um ... in Lübars. …" In Nats Kopf überschlug es sich. Was war noch gleich in Lübars? Er brauchte jetzt erstmal noch einen weiteren Schnaps. Dieses mal griff er zum Rum, denn Rum war ja gleichbedeutend mit Medizin für ihn.
Nat setzte zusammen: „... sie sind aufgefordert … als Zeuge … Lübars … Mordkommission … Lübars, Mordkommission … Lübars, Mordkommission …"
Seine Gedanken begannen zu kreisen. Er brauchte noch 'n Schnaps … und jemand mit dem er jetzt, am frühen Nachmittag, reden konnte. Sein erster Gedanke war, seinen alten Saufkumpel Udo anzurufen. Aber Udo würde nur sagen: „Ey, lass uns mal wieder einen trinken gehen, alles andere regelt sich schon von alleine." Das sagte Udo immer

und es half nie. Es musste jemand Intelligentes sein. Eine Frau! Frauen haben mehr Verständnis, sind in Krisensituationen meist cooler als Männer und Frauen verstanden ihn, Nat. Was Nat auf der anderen Seite indes nicht zurück geben konnte. Prudence aus der Laiengruppe in der er regelmäßig Theater spielte, war deshalb seine erste Wahl und sie schien richtig, das merkte er, als er Prudence am Telefon hatte, sofort. Noch während Nat ihr von seiner Aufforderung zur Zeugenaussage berichtete, hatte sie bereits eine Hand auf der Tastatur ihres Rechners und recherchierte in den Polizeiberichten, die das von Nat genannte Datum betrafen.

„Da, Lübars, … Frau, soundso alt … hat am Karfreitag um … Uhr versucht, auf ihre Ex-Freundin zu schießen ...“ Nat unterbrach Prudence: „Das Alter stimmt … und Lübars ist ja auch nicht so groß … und war der … überhaupt Karfreitag? … “ „Ja, ja, das war er. … Hör mal weiter: Nachbarn hatten Schüsse gehört und deshalb die Polizei alarmiert. … Das waren dann ja wohl mehr als einer … . Die Tatverdächtige ließ sich noch an Ort und Stelle … Nat, jetzt keine Schnappatmung! Trink mal noch 'n Schnaps und morgen rufst du bei der Polizei an.“ „Ich weiß ja auch nicht, was die von mir wollen.“, antwortete er, wobei ihm selbst seine bereits etwas schwerfällige Artikulation auffiel.

Aber Prudence hatte Recht. Da jetzt noch 'n Schnaps drauf und er schlief danach für die nächsten Stunden bis zum Abend wie ein Baby. Und zu schlafen war jetzt eine gute Idee. Vielleicht löste sich ja in der Zwischenzeit der Brief der Mordkommission während er schlief wie von selbst in heiße Luft auf und entschwand in der Stratosphäre?

*

Warum Nat Bumppo von der eigentlichen Tat erst durch die Polizei erfahren hatte, klärte sich recht allmählich auf. Für ihn war sie in Taiwan. Dass sie sich Monate lang nicht bei ihm gemeldet hatte, war für ihn eher ein Indiz dafür, dass sie an ihrem zukünftigen Lebensort noch nicht richtig angekommen war. Nats Bruder Pierre[4] war vor einigen Jahren mal mit seiner ganzen Familie nach Bielefeld umgezogen. Nat war daher zeitweise der Meinung, dass es Bielefeld tatsächlich gebe. Gleichwohl aber hatte sich Pierre im ersten halben Jahr nach seinem Umzug nicht bei ihm gemeldet und dann nur kurz. Obendrein war er nach zwei Jahren wieder nach Berlin zurückgekehrt. Wie sollte man auch an einem Ort leben, der letztlich ja doch nicht existierte, resümierte Nat.

Nichtsdestotrotz hatte Pierre ihm später aber immer wieder erzählt, wie schwer es für ihn gewesen sei, an einem Ort, an dem man noch kein Netzwerk hatte, zu wurzeln, weswegen er ja am Ende wieder samt seiner Bagage nach Berlin zurück gezogen war. Deshalb war es für Nat einleuchtend, dass Rebecca sich nach ihrem Umzug nach Taiwan erst einmal nicht bei ihm meldete.

Schon in den Tagen bevor er das Schreiben vom LKA in seinem Giftschrank vorfand, hatte Nat sich über eine ihm unbekannte Nummer, die ihm sein Festnetztelefon angezeigt hatte, gewundert. Aber er dachte immer, dass wenn wer etwas von ihm wolle, der würde ihn auch so irgend wann einmal am Telefon erwischen. War ja alles nur eine Frage der Zeit. Nun also ein Brief der Mordkommission des LKA. Nat grübelte. Dass er da mal vor zwei Wochen eine Ratte auf seinem Moped versehentlich überfahren hatte, war ja sicherlich kein Mord. Aber hätte er es als Wildunfall melden sollen? Er ging nach oben in seine Wohnung und öffnete wie Anfangs beschrieben den Brief.

Er las nur ein Datum, las „Lübars" und „Hohen Neuendorf", war sich mit einem mal fast sicher, dass es nur um Rebecca gehen könnte und schon hämmerte es in seinem Kopf: „Wenn sich Rebecca nur nicht selbst was angetan hat!

---

4 Anspielung auf Pierre Massimi, den Darsteller des Chingachgook in der vierteiligen ZDF-Verfilmung von „Die Lederstrumpferzählungen"

Vielleicht hat man ja ihre skelettierte Leiche wo an einer Pappel aufgehängt gefunden."

Der Rat von Prudence war gut und das auf den nächsten Rum folgende Nickerchen war für ihn ein Segen. Danach konnte Nat wieder ruhig und logisch denken.

Zunächst schrieb er eine schnelle E-Mail an die Mordkommission. Dabei musste er an Inspektor Colombo, der einzigen Krimi-Serie, die er je gemocht hatte, denken. Die nur neunundsechzig Folgen der Serie hatte er komplett auf DVD und genoss davon regelmäßig jede einzelne. E-Mails musste es bereits in den letzten Episoden der Serie gegeben haben, aber angepriesen wurde dort vor allem noch das Fax-Gerät als neueste Errungenschaft der Technik in der Kommunikation.

Nat fragte in der E-Mail, ob es denn überhaupt notwendig sei, zur Wache in Reinickendorf zu reisen und ob man seine Aussage nicht per Videokonferenz aufzeichnen könne.

Die Polizei antwortete ihm, „schneller als die Polizei erlaubt", per E-Mail bereits am nächsten Morgen und verneinte seine Frage. Er müsse mit der Mordkommission direkt reden, denn er müsse das dabei verfasste Protokoll anschließend eigenhändig unterschreiben. Nach dieser relativ lockeren E-Mail der Polizei wurde Nat nun mutiger und rief dort direkt an. Als er seinen Namen nannte, wusste der Kommissar sofort Bescheid.

Um zeitlich nicht mit seinem Minijob zu kollidieren, einigte man sich telefonisch auf einen anderen, als den im Schreiben an ihn vorgeschlagenen Termin. Bereits am nächsten Tag reiste Nat deshalb auf seinem Moped vom Prenzlauer Berg nach Reinickendorf. Wobei ihm noch immer nicht dämmerte, was die Polizei so von ihm wollte. Am Telefon hatte man ihm nur etwas von „Umfeld abklopfen" gesagt.

Er hatte ein wenig Bammel, als er das Gebäude betrat. Aber das gehörte dazu. Wohl kaum jemand betrat das Amtsgebäude eines Polizeiabschnitt freiwillig, so lang er nicht Tatopfer war. Wobei noch viel unangenehmer für Nat einst ein Besuch bei einer Georgischen Künstlerin war, die er einst backstage für ein Interview für seine Radiosendung besucht hatte. Wie lange war das her, fünfzehn oder gar zwanzig Jahre? Die Bodyguards der Künstlerin hatten sich mit ihm im Restaurant eines herunter gekommenen Hotels an der Mühlenstraße, quasi gegenüber der East-Side-Galerie, verabredet. Sie sprachen etwas, das sich wie Russisch anhörte und geleiteten ihn nach dem Vorgespräch über knarrende Hintertreppen bis zur Künstlerin, die während des ganzen Interviews mit ihm verzückt mit ihren zwei Chihuahuas spielte, während die Bodyguards in seinem Rücken standen. Das ganze Interview hatte nur zehn Minuten gedauert. Die Herren um ihn herum waren nett und geleiteten ihn auch wieder hinunter bis ins Restaurant, aber während der ganzen Zeit ging Nat durch den Kopf, dass ihn niemand mehr finden würde, wenn das Interview mit der Künstlerin nicht nach dem Geschmack ihrer Garde gelaufen wäre.

Diese Angst hatte er im Polizeigebäude nicht. Trotzdem blieb ihm ein mulmiges Gefühl. Er meldete sich ordentlich an, wurde von einer Dame, die sich später als die Sekretärin des Kommissars zu erkennen gab, abgeholt und in ein Büro geführt. Der Kommissar war nett und erinnerte ihn in seiner Freundlichkeit an seinen eigenen, vor vielen Jahren verstorbenen Vater, in der Art der Formulierung seiner Fragen hingegen eher an Inspektor Colombo. Nat war aufgeregt und quasselte deshalb sehr viel und wohl vor allem belangloses Zeugs.
Warum er nun hier sei, fragte Nat noch einmal und auch jetzt bekam er nur die Antwort, man wolle einzig Rebeccas Umfeld abklopfen, denn man habe ihre Handy-Daten

ausgewertet und dabei festgestellt, dass er, Nathaniel Bumppo, die letzte Person gewesen sei, zu der Rebecca vor der Tat noch Kontakt gehabt hätte. Centweise fiel bei Nat der Groschen. Rebecca hatte wohl an Karfreitag auf ihre Ex geschossen, ging es ihm durch den Kopf. Nat fragte deshalb den Vernehmer und dieser bestätigte das alles. Nat wurde immer aufgeregter. Aber woher habe sie denn die Waffe gehabt, fragte er. Der Kommissar sah ihm kurz in die Augen und meinte, das könne er ihm am Ende der Vernehmung gern kurz erzählen.

Nun wurde also Nat ausgefragt. Woher kenne er Rebecca, wie sei ihr Verhältnis, was wisse er noch, wie habe er sie in den letzten Jahren erlebt? Als die Sekretärin und der Kommissar eine kurze Pause machten, damit sie alle mal kurz aufstehen und sich die Beine im Raum vertreten konnten, stellte die Sekretärin eine Dose mit Keksen auf den Tisch und reichte ihm, ohne das Nat etwa darum hätte bitten müssen, zu einem Glas Wasser noch einen Pott Kaffee. „Mit Milch und Zucker?", fragte sie ihn nur knapp, worauf Nat genauso wortkarg antwortete: „Vielen Dank, nur Zucker genügt." Und schon ging es weiter. Warum hatten Nat und Rebecca ab 1991 keinen direkten Kontakt mehr gehabt? Wer war die Person, die Nat 1985 fast geheiratet hätte und die Rebecca auch noch gekannt hatte und die vor allem den Kontakt zu ihr bis 2015 gehalten hatte, als die beiden Frauen bei ihm damals zusammen aufgetaucht waren.
Nat gab bereitwillig Auskunft und konnte sogar noch mit einer Telefonnummer aushelfen. Die Zeit verging wie im Fluge, so dass Nat sich fragte, wie er es schaffen konnte, sogar zwei Pötte Kaffee zu trinken. Der Kommissar klärte ihn auf, da Nat jegliches Zeitgefühl verloren hatte. Gut zweieinhalb Stunden hatte er Fragen beantwortet. Kein Wunder, dass sich Nat wie einmal durch die Mangel gedreht fühlte.

Nat konnte der Polizei noch zwei weitere Kontakte von Rebecca genannt, von denen er hoffte, die würden ihr noch irgendwie in ihrer misslichen Lage helfen können. Einen dieser Kontakte, Endora[5], rief er selbst, als er abends nach dem Verhör nach hause kam, noch an und erzählte ihr, was ihm heute widerfahren war und gab ihr schon einmal den Tipp, dass sich auch bei ihr wohl bald die Polizei melden würde. Die gute Endora hätte Nat einmal fast geheiratet. Das war aber bereits Jahrzehnte her und lohnte kaum des Erwähnens. Immerhin jedoch hatte Endora länger und intensiver Kontakt zu Rebecca gehabt als er selbst.

Der Kommissar war in der Vernehmung noch einmal hellhörig geworden, als Nat ihm von der bevorstehenden Auswanderung Rebeccas nach Taiwan berichtete und er diese weitere Person genannt hatte.
Nun revanchierte sich die Polizei ihrerseits bei Nat, indem sie ihm noch einiges, zu dem er soeben befragt worden war, aus ihrer Ermittlung berichteten. Die Puzzleteile Nats, die jetzt bereits geholfen hatten das Bild das der Kommissar von der Tat hatte, ergänzten seine Erkenntnisse, die aber in der Aufregung innerhalb des Verhörs für ihn noch keinen wirklichen Zusammenhang ergaben.

*

Da er bei der Rückfahrt von der Polizei, wie immer wenn er mit seinem Moped unterwegs war, brauchte er seine ganze Konzentration für den Straßenverkehr, mit seiner Maximal-geschwindigkeit von nur 45 km/h konnte er nun mal schlicht nicht mit dem normalen Verkehr auf den Hauptstraßen mitschwimmen, kam er erst als er sich zu hause gemütlich auf seinem Sofa ausgestreckt hatte, zum Nachdenken und erst jetzt machten die ganzen Informationen für ihn in ihrem Zusammenhang Sinn.

---

5   ... siehe „Verliebt in eine Hexe" - TV-Serie – die Schwiegermutter ...

Ob es sich so zugetragen hatte, wie Nat jetzt mutmaßte, würde sich sicher erst in einer Gerichtsverhandlung klären.

Nach dem, was ihm der Kommissar berichtet hatte, war Rebecca in Stavenhagen in einem Schützenverein gewesen, hatte Zugang zu Waffen gehabt und habe am Karfreitag mit insgesamt fünf Schüssen in Lübars auf ihre Ex-Freundin geschossen und wollte, so vermutete die Polizei jetzt wohl nach Nats Ausführungen, danach nach Taiwan fliehen. In Nats Augen war dies somit eine hervorragend geplante Tat, die eines Inspektor Colombo zur Aufklärung würdig gewesen wäre.

Was aber tatsächlich passiert war, das wusste wohl nur Rebecca selbst.
Nat vermutete noch mehr. Jawohl, sie hatte nicht nur die Tat selbst gut geplant, sondern auch die Zeit weit davor. Sie war damals bei ihrem Treffen von ihm aus vermutlich direkt nach Hohen Neuendorf in ihr Hotel gefahren. Warum sie auf Sheryl erst am nächsten Morgen geschossen hatte, entzog sich seiner Vorstellung. War sie da schon auf dem Weg zum BER oder hatte Rebecca ihre Ex einfach morgens beim Gassi gehen mit ihrem Hund abpassen wollen? Warum so viele Schüsse? Warum zwei Pistolen? Dass sich Sheryl offenbar nicht widerstandslos von Rebecca habe abknallen lassen, belegte, dass Rebecca einige Schüsse vor und weitere Schüsse im Haus abgegeben hatte. Nat grinste unwillkürlich in sich hinein. Rebecca hatte da nicht auf Zielscheiben, wie in ihrem Verein, geballert, sondern auf ein bewegliches Ziel, das in Anbetracht seiner direkten Lebensgefahr in der es schwebte, mit Sicherheit außerordentlich schnell beweglich war. Aber wie war ihr weiterer Plan gewesen? Hatte Rebecca tatsächlich nach Taiwan auswandern wollen? Hatte sie wirklich einen Mord geplant oder wollte sie ihrer Ex nur einen gehörigen Schrecken einjagen?

Wunderliche Dinge passieren ja oft im Leben. Am frühen Abend desselben Tages, an dem Nat seine Zeugenaussage bei der Mordkommission gemacht hatte, rief Rebecca ihn aus der Haft an. Sie weinte bitterlich und entschuldigte sich zunächst dafür, dass sie nicht aus Taiwan anrufe und dass sie ihrer Umgebung jetzt so viel Ungemach bereite.

Nat erwiderte, dass er heute zur Vernehmung war und man ihm dort gesagt habe, sie hätte ihn als einen ihrer direkten Kontakte angegeben und sie hätte eine Telefonerlaubnis für ein paar Leute, so auch für ihn, bekommen. Über die Tat selbst durften sie nicht reden, so lang die Ermittlungen liefen und das Verfahren gegen sie gerichtlich nicht abgeschlossen sei und dass die Telefonate mitgehört würden, hatte ihm die Polizei in Reinickendorf gesagt. Sie weinte und meinte, jeder in ihrer Umgebung dürfe über ihre Tat reden, nur sie selbst nicht.

Weil die Dauer der Telefonate auf nur zehn Minuten pro Anruf begrenzt waren, verblieben sie auf „bis ein nächstes mal".

Dieses jedoch zog sich drei Wochen hin, bis sie ihn wieder erreichte. Jetzt war Rebecca wie ausgewechselt. Es sei alles nur ein Irrtum, sie habe ja gar nichts getan und sie sei bald wieder auf freiem Fuß, erklärte sie Nat gegenüber freudig am Telefon.

Weil ihm die Telefonzeit mit ihr nicht ausreichte, bat er um ihre derzeitige postalische Anschrift. Da Nat nie in einer Justizvollzugsanstalt gewesen war, konnte er sich abseits von geskripteten TV-Formaten wie „aus dem schlimmsten Knast der Welt" das Leben in so einer Haftanstalt nicht recht vorstellen und so schrieb er ihr, auch weil er hoffte, ihrem Leben damit etwas Sinn und Aufmunterndes in ihrer Situation zu geben.

Allerdings verstand er sich selbst nicht. Wieso konnte er mit einer eiskalten, potenziellen Mörderin Mitleid haben?

Wahrscheinlich war es wirklich so, wie er dachte. Sie hatte es geplant, ihre Ex umzubringen und dann nach Taiwan zu flüchten. Vermutlich hatte sie sich dafür am Abend zuvor noch Mut angetrunken, hatte die Nacht durchgemacht und war dann morgens zu ihrer Ex gefahren, hatte ihr freundlich zu ihrem Geburtstag gratuliert, dann ihre erste Waffe gezogen und auf sie angelegt. Ihre Ex flüchtete deshalb auf ihr Grundstück, bevor sie sich ins Haus hinein rettete. Vermutlich gab es da bereits eine Ladehemmung in der ersten Waffe oder eine Patronenhülse hatte sich in dieser verklemmt. Rebecca war zum Schluss Sheryl ins Haus gefolgt. Die versuchte sich in ihrem Keller zu verschanzen. Aber Rebecca traf sie dort erneut und nun mit der anderen Waffe, die sie dabei hatte, bevor Sheryl Blut überströmt, zusammenbrach. In der Zwischenzeit hatten Nachbarn die Polizei alarmiert und diese nahm Rebecca noch am Tatort, quasi mit rauchenden Colts[6], fest.[7]

Genau so könnte es sich abgespielt haben. Aber all das waren nur Vermutungen, die er sich selbst aus den wenigen Informationen, die er bis dahin bekommen hatte, zusammenreimte

*

Mit Endora telefonierte Nat nun wieder regelmäßig. Und genau so regelmäßig versuchte sie ihn in politische Diskussionen zu verwickeln, die er in der Richtung in die sie gingen nicht mochte.

Es dauerte ein weiteres Vierteljahr, bis Nat die Ladung ans Berliner Landgericht erreichte und noch einmal fünf

---

6   … Anspielung auf die TV-Serie „Gunsmoke", die in Deutschland „Rauchende Colts" hieß und in der ARD lief

7   … genau an dieser Stelle endet der erste Teil dieser Novelle mit Schreibdatum 26.4.2023. … weiter geschrieben am 12.11.2023 … das war nach der Verhandlung

50

Monate, bis der zu diesem Zeitpunkt dann schon zweimal verschobene Aussagetermin für ihn zur Realität wurde. Immer wieder hatte Nat in dieser Zeit Kontakt zu Endora.

Wie genau das Verfahren ablief, wusste er nicht. Er bekam nur mit, dass Endora einige Termine vor ihm ihre Aussage gemacht hatte. Nats Nervosität wuchs ins Unermessliche. Aus seiner Zeit als ehrenamtlicher Schöffe am nächst gelegenen Amtsgericht wusste er, dass das, was sich vor den Richtern im Saal im Allgemeinen abspielte, mitunter eine Schlangengrube sein konnte. Sofern die Angeklagten ihre Tat nicht wirklich eingestehen mochten und von vornherein geständig waren, bot sich einem von der Schöffen- und Richterbank aus gesehen immer wieder ein Schauspiel aus hinterhältigen Attacken von Seiten der Angeklagten, in offene Messer laufende Zeugen, gut schauspielernden Rechtsanwälten und genau so gewieften Staatsanwälten.

An Nats Verhandlungstag spielte es sich gerade genau so ab. Nachdem seine Aussage an diesem Tag nach und nach um am Ende gut drei Stunden verschoben worden war, weil sich die Aussagen der Zeugen vor ihm so in die Länge zogen, kämpfte Rebecca, verständlicher Weise, mit Klauen und Zähnen und mit unfairen Mitteln. Sie hinterließ dabei verbrannte Erde um sich herum und auch bei ihm.
Nein, das habe sie so nicht gesagt. Sie hätte auch nie die Absicht gehabt, nach Taiwan auswandern zu wollen, und Nat möge sich doch daran erinnern, was sie ihm finanziell immer alles Gutes getan hätte und überhaupt, Nat würde lügen und ihr nur Schlechtes wollen.
Nat jedoch war es immer suspekt gewesen, warum sie ihn hin und wieder finanziell mit kleinen Handgeldern unterstützt hatte. Zum Glück, aus dem Bauch heraus, hatte er nie ihre „milden Gaben" angerührt. Immer hatte er aber darauf gewartet, was für eine Gegenleistung sie von ihm dereinst dafür verlangen würde. Nun in dieser Verhandlung

zeige Rebecca ihm eindeutig das Preisschild für ihre „Zuwendungen".

Nat hatte ihr bisher alles Mögliche, auch ihre kleinen Frechheiten ihm gegenüber nachgesehen, die sie sich immer wieder mal ihm gegenüber heraus genommen hatte, aber bei der Gefährdung von Menschenleben, bei „versuchtem Mord", wie es in der Anklageschrift gestanden hatte, gab es für ihn keine Loyalität mehr. Im Gegenteil hoffte Nat, dass Rebecca für den Rest ihres Lebens ihre schändliche Tat in gutem Gewahrsam würde innerlich aufarbeiten können.

Da auch dieser Verhandlungstag nicht mit einem endgültigen Urteil abschloss und zu befürchten stand, dass Rebecca obendrein noch in Revision gehen würde, ging das Drama weiter.

Wie war das? Auf hoher See und vor Gericht bist du in Gottes Hand!

[8]Die wirklichen Begebenheiten einschließlich der Tat ließen sich aus Rebeccas Sicht wie folgt erzählen, obwohl sie ja weiterhin vor Gericht alles leugnete.

Nachdem Rebecca bei Nat abgefahren war, fuhr sie zunächst ins KaDeWe, um sich dort weiteres „Gutes" in der Schlemmerabteilung des Kaufhauses am Wittenbergplatz zu gönnen. Ihr Mietwagen fand einen Parkplatz direkt in der Lietzenburger Straße. Hier, wie überall rund um das KaDeWe, lebte, ja atmete noch das alte, feine, etwas dekadente Westberlin mit seinen Fassaden die eine Mischung aus Brutalismus der frühen sechziger und behutsamer Altbausanierung der späten 1980er waren, als Westberlin noch am finanziellen Tropf der alten Bundesrepublik hing und trotz Baufilz und Bankenskandal, die mit Namen wie Dietrich Garsky, Neue Heimat, Heinrich Lummer oder Stoppe und Landowsky verbunden waren, preiswerter Wohnraum entstand. Auch heute noch sah man

---

8   … im Nachhinein getextet + eingefügt vom 5. - 9.2.2024

die eine oder andere Pelzstola von sehr jungen Damen, die von graumelierten Herren begleitet wurden, im KaDeWe. Das war nun nicht mehr so üppig, wie bis in die frühen 1990er Jahre, als „Frau von Welt" ganze Blaufüchse, Nerze oder Waschbären auf ihren Schultern trug, deren gläserne Augen in ihren ausgestopften Fellen jeden anstarrten. Nein, heute ging das alles etwas verdeckter, dezenter, vor sich. Frau zeigte zwar noch, was sie hatte, wenn sie sich wie beim Casting für eines der vielen zweifelhaften Modelabels die noch mit echtem Pelz arbeiteten, durch die Gänge des Kaufhauses in sehr hochhackigen Pumps stakste, aber ansonsten verschwanden sie mit ihren sie ausführenden Herren oder mit ihrer eben so bedeutend aussehenden besten Freundin wie sie selbst eine war, in den dunkleren Ecken der Modeabteilungen, bei den Schuhen oder auf der Schlemmeretage und fielen somit nicht mehr ganz so auf.

Rebecca hatte noch keine Lust auf Hohen Neuendorf, ihre Pension und das „einfache, gute Abendessen – wie von Muttern – hausgemacht". Statt dessen fraß sie sich jetzt im KaDeWe durch und bestellte auch Sachen, bei denen die Tiere zum Teil schon auf der „roten Liste der bedrohten Arten" standen. Als Vorsuppe Schwalbennestersuppe und geräucherte Schillerlocken, gebratener, grüner Aal, als Beilage Bratkartoffeln mit Trüffeln und zum Abschluss ein sahniges Eiscremedessert mit echter Bourbonvanille und Safran.

Es war ein lauer Frühlingsabend und die Dämmerung noch fern, als sich Rebecca auf den Weg in ihre gebuchte Pension machte. Der Berufsverkehr, hinaus in den Berliner Speckgürtel, lag zwar bereits in seinen letzten Zügen, floss aber auf der A 111 noch ein wenig zäh. In Stolpe fuhr sie ab und war dann einsdreifix dort, wo sie hin wollte. An der Rezeption der Pension erwartete man sie bereits. Sie trug sich überall ordnungsgemäß ein, übernahm ihr Zimmer und

erklärte: „Nicht wundern, ich geh heute Abend nochmal los. Nachtangeln in der Havel bei Pinnow. Ein Kumpel hat mich eingeladen." Die Dame hinter dem Tresen nickte und sagte: „Aale in Pinnow? Sie können von Glück reden, wenn sie da 'n paar magere Plötzen erwischen. Aber falls es sich doch lohnt, bringen sie die mal ruhig mit. Dann brat ich die ihnen zum Frühstück. Sie brauchen mich dann übrigens nicht zu stören, wenn sie nachher gehen. Ihr Zimmerschlüssel passt auch für die Haustür. Aber schließen sie, wenn sie draußen sind, hinter sich bitte wieder ab." Rebecca hatte schon ihre Reisetasche gegriffen, als die Dame noch nachhakte: „Bleiben sie eigentlich nur bis morgen, oder wie? Sie haben da noch keine Angaben gemacht."
Oh je! Rebecca hatte sich auf vieles Vorbereitet, aber wie es nach ihrer Tat weitergehen sollte, darüber hatte sie sich bisher noch keine Gedanken gemacht. Zum Glück sah man jetzt, wo sie schon halb auf der Stiege in die obere Etage war, im Halbdunkel nicht, wie sie vor Verlegenheit rot im Gesicht wurde. Aber ihre Stimme war fest, als sie ausweichend antwortete: „Ich weiß noch nicht, wie viel Glück ich heute Nacht noch habe." „Na, ich wollte sie nur wissen lassen, dass wir die nächsten Tage noch nicht ausgebucht sind. Sie können also gerne eine gewisse Zeit dranhängen." Rebecca nickte: „Ich behalte es im Hinterkopf."

Ihr Zimmer in der Pension war sauber und ordentlich, das echte Federbett roch nach frischer Wäschestärke, wie das Gästebett bei ihrer Oma und auf dem winzigen Tisch im Raum, der kaum ausreichte, um auf ihm einen Laptop abzustellen, stand eine Vase immergrüner Kunstblumen. Sie ließ ihre Reisetasche, in der nicht viel mehr ein einmal Unterwäsche zum Wechseln, ihre Kulturtasche samt Inhalt und ihre Tarnkleidung war, auf den Boden plumpsen.
Sie wollte ein wenig vor- oder ihre innere Unruhe wegschlafen, bevor sie mit ihrer Rache begann. Ihren

auffällig gelben Rucksack hatte sie während des ganzen Tages immer am Körper gehabt, selbst im KaDeWe. Im Auto hatte er direkt unter ihrem Sitz gelegen. Jetzt, im Zimmer, zog sie nur ihre Straßenkleidung aus und nahm den Rucksack auch mit ins Bad. Sechzig Schuss scharfer Munition und ihre zwei Pistolen waren darin. Die wollte sie nicht versehentlich unbeaufsichtigt lassen. Sie putzte sich rasch die Zähne, nahm auch ihre Zahnseide, schminkte sich im Gesicht grob ab und legte sich, nachdem sie ihr Handy auf „Alarm" um 22 Uhr programmiert hatte, nur in Unterwäsche ins Bett.

Nur tief und fest zu schlafen, wollte nicht recht funktionieren, war es, weil es für Nachtruhe noch viel zu früh und vor allem viel zu hell draußen war, sei es weil ihr noch verschiedene Dinge durch den Kopf gingen. Nun erst, kurz vor ihrer Tat, begann sie sich darüber Gedanken zu machen, was sie wohl anstellen würde, falls sie Erfolg haben sollte. Aber davon ging sie aus! Hierher zurück? In Anonymität wo untertauchen? Im Schengenraum kam man ja bis Portugal oder in die Berge im Balkan, von wo aus sie sich sicher bis nach Russland durchschlagen könnte. Und Russland würde sie in der derzeitigen politischen Situation garantiert nicht an Deutschland ausliefern. … und von Moskau aus dann mit einem Flieger in die Karibik nach Kuba, wo es immer warm war.

So langsam druselte sie nun doch ein.

Als das schrille Piepsen ihres Handys sie weckte, hatte sie das Gefühl, überhaupt kein Auge zu getan zu haben, so gerädert fühlte sie sich. Schnell schlüpfte sie in ihre Tarnkleidung, die sie sich auf einem Markt in Polen kurz hinter der Grenze bei einem Militariahändler besorgt hatte, geflecktes Braungrün. Sie griff sich ihr Schminkköfferchen und ihren Rucksack, behielt ihren Zimmerschlüssel an einer Schnur direkt um ihren Hals, falls ihre Flucht nachher würde schnell gehen müssen und verließ auf leisen Sohlen das Haus. Die Dame, die eigentlich hinter der Rezeption sitzen müsste, hatte dort alles per Rollläden verriegelt und verrammelt. Durch das wobbelige Glas der Tür zum Speise- und Fernsehraum sah sie undeutliches Fernsehgeflimmer und zwei in niedrigen Sesseln sitzende Hinterköpfe davor. Die Haustür der Pension schloss sie hinter sich wieder wie versprochen ab.

Draußen war es dunkel, also so dunkel, wie es mitten im Frühjahr, mit der Lichtverschmutzung der nahen Großstadt und den überall hell leuchtenden Straßenlaternen im Berliner Speckgürtel nur dunkel seinen konnte.

Schnell rein ins Auto. Verdammt, der Mietwagen war ja weiß. Daran hatte sie ja nun gar nicht gedacht. Sie startete den Motor und fuhr langsam und leise die Auffahrt zur Straße hinauf und erst als sie außer Sicht der Pension war, gab sie Vollgas. Noch zweimal abbiegen und sie war auf der Bundesstraße 96, von der sie irgendwann nach links in den Zabel-Krüger-Damm nach Lübars abbiegen musste. Von nun an war ihr alles egal. Sie raste mit über 80 km/h. Die Räder des Wagens kreischten gequält, als sie durch den Kreisverkehr kurz vor der Landes-Grenze die Berlin und Brandenburg trennte wirbelte. Erst als sie Alt-Lübars erreichte, nahm sie ihren Fuß vom Gas. Bei der Umfahrung der Kirche, am alten Gasthaus vorbei, fuhr sie so langsam und möglichst viel mit zwei Rädern auf dem rechten Sandstreifen, dass der Wagen so wenig wie möglich polterte. Außerdem fuhr sie jetzt nur mit Standlicht.

Vielleicht war es gerade das, was den Anwohnern auffiel: ein sehr leises Auto, das hier Nachts sehr gesittet durch fuhr. Nachdem Rebecca den alten Dorfkern hinter sich hatte, brauchte es nur noch eine kleine Straßenbiegung und sie war außer Sichtweite der nächsten Häuser. In den nächstbesten Feldweg bog sie ein und stellte das Auto zwischen einigen Büschen auf sehr morastigem Untergrund ab. Sie würde Mühe haben, hier nachher wieder heraus zu kommen, überlegte sie. Nun kam ihr Schminkköfferchen zum Einsatz.

Darin hatte sie dunkle Theaterschminke. Anschließend bestückte sie die Magazine der Pistolen mit Munition und lud sie, so dass je ein Schuss im Lauf einer jeder der beiden Waffen war. Mittlerweile war die Nacht weiter voran geschritten. In spätestens zehn Minuten würde Sheryl wie jeden Abend zur selben Zeit, das hatte sie ja nun bei ihren monatelangen Recherchen heraus bekommen, mit dem komischen Köter ihrer neuen Liebsten eine Runde drehen. Und genau an der Stelle, an der sie dann aus dem Blickfeld der Häuser war und nur noch einzelne Laternen entlang des ehemaligen Postenwegs an der einstigen Berliner Mauer wehmütig in der Ferne vor sich hin glimmten, würde Rebecca ein Exempel statuieren. Sheryl würde nie wieder jemanden betrügen.

Rebecca huschte aus dem Wagen, schlich gut getarnt durch Büsche, mied nach Möglichkeit offene Stellen und hoffte, dass das fahle Licht des Vollmondes sich nicht auf ihrem Gesicht spiegelte[9]. Sie erreichte, vor ungewohnter Anstrengung schwer keuchend, das von ihr ausgewählte Versteck zwischen einer uralten Eiche, mehreren Büschen und den langen Sprösslingen junger Pappeln, die als Austriebe aus den Wurzeln von Elternpflanzen hervor gegangen waren.
Da! Da kam Sheryl schon um die Ecke. Rebecca erkannte sie an ihrem Gang. Und der Mistköter, natürlich ohne Leine, durchstöberte alles entlang des Weges.
Aber was in drei Teufels Namen war denn das?
Direkt hinter Sheryl liefen noch vier weitere Leute und unterhielten sich relativ laut. So hatte Rebecca ihre Rache nicht geplant. Der Hund kam nun auch schnurstracks direkt auf sie zu. In ihrer Verzweiflung duckte sie sich immer mehr

---

9   … es gibt im Film „Unternehmen Petticoat" von 1959 eine
     Szene, in der sich Soldaten Schuhcreme ins Gesicht
     schmieren, damit sich der Mond nicht bei befohlener
     Verdunklung darauf spiegelt. … die hatte ich im Sinn

an die Eiche, schließlich streckte sie die Arme aus, erwischte eine untere Astgabel und zog sich, recht unbehände, die zum Glück recht raue Rinde der Eiche für ihre Füße zum abstützen nutzend, nach oben in den Baum. Die Menschengruppe blieb stehen und lauschte. Rebecca hoffte, dass ihr stoßweiser Atem unten nicht zu hören sei. Der Köter umschlich den Baum. Eine Männerstimme, die Rebecca nicht zuordnen konnte, kicherte: „Ihr habt doch keine frei laufenden Löwen oder Leoparden in Berlin?" Er kicherte irr. Eine Frauenstimme sagte: „Ich hätte auch schwören können, dass da was Größeres in den Baum hinein gesprungen ist." Auf mehreren Handys wurde das Taschenlampenlicht eingeschaltet und der Baum und seine nähere Umgebung abgesucht. Sheryls Stimme, die Rebecca nur all zu gut kannte, sagte aber schon nach wenigen Augenblicken: „War vermutlich nur 'n Waschbär. Vermehren sich ja wie die Karnickel, die Biester." und schob nach einem kurzen Augenblick nach: „Wölfe klettern nicht auf Bäume. Und Luchse wurden hier in der Gegend noch nie gesichtet." Eine Frauenstimme, vermutlich die von Germain, ergänzte: „Vielleicht war es eine Eule, die sind ja etwas größer. Aber ich vermute auch 'n Waschbären."
Die Truppe setzte sich wieder, nun über das Thema Wildtiere in der Großstadt laut schwatzend, in Bewegung.

Verdammt, das hatte Rebeccas Plan komplett durcheinander gebracht. In ihre Pension könnte sie noch nicht wieder zurück. Nicht so, wie sie jetzt geschminkt war. Vielleicht sollte sie es morgen früh erneut versuchen?
Im Auto schlafen?
Sie hatte weder was zu trinken, noch einen Snack als Nachtmahl dabei. Zu einer Tanke an der nächsten Autobahnauffahrt fahren, um sich dort für die Nacht einen Snack zu versorgen? … an einem Schalter … im vollen Licht … so wie sie jetzt geschminkt war? Das war ihr dann doch zu heikel und sie verwarf diese Idee. Aber wo sie jetzt

garantiert nicht auffiel, das war vermutlich einer der vielen „Spätis" irgendwo am Prenzlauer Berg. Dort würde sie in der Menge zwischen den ganzen Touristen bestimmt nicht auffallen.

Sie schlich zu ihrem Wagen zurück. Der Boden neben dem unbefestigten Feldweg war von Maulwürfen und Wühlmäusen gut aufgelockert und sie hatte echte Mühe sich nicht festzufahren, als sie los fuhr.

Es war noch ein gutes Stück bis Mitternacht, als sie vom Prenzlauer Berg wieder zurück kehrte. Irgendwelche teuren eingeschweißten Snackwürstchen und eine Hand voll unterschiedlicher Schokoriegel waren auf ihrem Beifahrersitz gelandet, wie auch zwei Sixpacks Bier, mehrere Dosen mit süßer Whisky-Cola und einigen kleinen Flaschen eines weinhaltigen Getränks, von dem sie vor kurzem Werbung im Internet gesehen hatte. So brauchte es nicht viel, bis sie in ihrem weitest möglich zurück geklappten Fahrersitz eindruselte. Tief schlafen konnte sie nicht, weil schnell die nächtliche Kälte an ihr zu zerren begann. Die Standheizung im Auto half nur für wenige Minuten. Dünnes Blech isoliert ja nicht wirklich.

Gegen Morgen wurde sie von einem mächtigen Frühjahrs-Sturm geweckt. Hagelkörner knallten aufs Autodach und gegen die Scheiben und der Wind zerzauste die Blätter der Vegetation ringsum. Als der Wagen plötzlich nach rechts auf das angrenzende Feld zu rutschen begann, bekam sie Panik, startete den Motor und fuhr sich innerhalb einer knappen Viertelstunde erbarmungslos im Schlamm fest. Sie versuchte, noch während der Sturm tobte, abgerissene Zweige in die von ihr verursachten Matschlöcher zwischen Räder und Erde zu stopfen, aber alle Mühe nutzte nichts und sie wurde nur nass bis auf die Knochen dabei.
Egal wie, auf Grund der ganzen Umstände musste sie nun

ihre Tat durchführen. Zu mehr reichte ihre Kraft nicht. Flüchten müsste sie dann eben zu Fuß.

Weil sie nichts Essbares mehr übrig hatte, frühstückte sie zwei Flaschen Bier und etwas, das eine bonbonartige Farbe hatte und annähernd wie Wermut roch. Sie schaute sich noch einmal die beiden Pistolen an und nahm ihre Magazine heraus, um die darin befindliche Munition zu zählen. Dann steckte sie die Magazine wieder in die Waffen und stopfte sich noch zwei Hände voll Patronen in ihre vorderen Hosentaschen. Eine der Pistolen steckte sie sich in ihre Gesäßtasche, die andere behielt sie offen in der Hand.

Der Alkohol in ihrem leeren Magen tat seine Wirkung. Warum sollte sie Sheryl erst beim Gassi gehen mitten in der durchgeweichten Botanik erwischen? Ihre Gedanken wurden immer mutiger. Aperol ist ein Stück weit stärker als Bier und viel schneller als dieses getrunken.

„Diese Schlampe! Sollen doch die Nachbarn ruhig sehen, was die für einen Schiss hat.", sagte Rebecca laut, um sich selbst zu motivieren.

Letzte Sturmfahnen zerrten an ihr, als sie sich wie ein Revolverheld im Wilden Westen die paar hundert Meter bis zu „ihrem" Haus auf der Dorfstraße bewegte. Es war zwar noch früher Morgen, aber irgend ein Nachbar schien schon wach zu sein und sie beobachtet zu haben, wie sie durch die Straße schritt, in der rechten Hand eine Pistole, die andere offen blitzend in ihrer Gesäßtasche.

Hatte da wer Sheryl noch schnell telefonisch gewarnt? Oder war es reiner Zufall, dass sich ihr Opfer sehr schnell mit dem Köter vom Gartenzaun in ihr Haus zurückziehen wollte. Rebecca rannte ihr hinterher! Noch bevor Sheryl die Stufen zu ihrem Haus hochstolpern konnte, fiel der erste Schuss. Er zerschmetterte das Gebälk der Tür kurz oberhalb ihres Kopfes. Der unmittelbar folgende traf sie von hinten ins Knie und ließ sie bereits vor der Treppe zusammensinken. Nun war Rebecca ganz nah.

Das würde jetzt eine Hinrichtung werden, ging es ihr durch den Kopf. Sheryl hatte sich in der Zwischenzeit halb aufgerichtet, kniete vor Rebecca nieder und faltete flehentlich die Hände. Der Abstand zwischen Sheryls Kopf und Rebeccas Pistole war kaum weiter als anderthalb Armlängen. Wegen des zu erwartenden Rückstoßes legte Rebecca jetzt beide Hände an die Pistole und zielte direkt auf Sheryls Kopf. Ihr rechter Zeigefinger krümmte sich langsam um den Abzug, vorsichtig den eigentlichen Druckpunkt suchend.

Klick, machte es kurz. Aber nichts weiter geschah. Panikartig drückte Rebecca in immer kürzer werdenden Abständen den Abzug. Aber es machte immer nur klick. Diesen kurzen Moment nutzte Germain, um Sheryl ins Haus zu zerren. War da heute morgen Munition nass geworden oder hatte sich einfach nur eine Patronenhülse im Lauf verklemmt, Rebecca wusste es nicht, hatte sich aber schon wieder halbwegs unter Kontrolle. Noch bevor Sheryl vollständig im Haus verschwunden war, hatte Rebecca ihre erste Waffe ins nächste Beet geworfen und stürmte nun mit der anderen Pistole in der Hand den beiden flüchtenden Frauen hinterher. Sie rammte die Tür, die noch einen Spalt breit geöffnet geblieben war, mit ihrer Schulter wieder auf und folgte den beiden, sie unerbittlich jagend. Vor der stählernen Kellertür holte sie beide ein. Nun zielte Rebecca nicht mehr genau. Vier Schüsse! Das Opfer bewegte sich in Todesangst rasend schnell. Der fünfte zerschmetterte Sheryls Schlüsselbein und Schulter. Jedoch ihr finaler Schuss misslang. Eine erneute Ladehemmung, hervorgerufen durch eine verklemmte, leere Patronenhülse im Auswurfschacht des Pistolenlaufs war die Hilfe „von Oben", die Sheryl vor ihrem sicheren Tod bewahrte.
Jetzt erst kam Rebecca zu sich. Sie sah das Blut überall und übergab sich. Auf der Straße vor dem Haus hörte man Autoreifen quietschen und das Ausheulen des Signalhorns

der eilig durch die Nachbarn herbei gerufenen Polizei. Mit hängenden Schultern, die Waffe, die sie noch in der Hand hielt, weit von sich fort werfend, trat sie vor das Haus und ließ sich widerstandslos festnehmen.

Das Navi des Mietwagens hatte in der Zwischenzeit per E-Mail automatisch Kontakt zum Verleiher gegeben, weil der Motor zwar gelaufen war und die Räder sich gedreht, der Wagen sich aber nicht bewegt hatte. Er wurde allerdings erst einige Tage nach der Tat durch aufmerksame Spaziergänger entdeckt, weil er vom eigentlichen Weg arg abgerutscht und durch den vom Dauerregen aufgeweichten Boden bis zu den Türschwellen im Schlamm versunken war. Wie es mit dem Inhalt ihrer Wohnung in Kummerow weiter gehen sollte, darüber machte sie sich erst einmal keine Gedanken.
Bastelte sie insgeheim vielleicht an neuen Racheplänen, ihre Zeugen betreffend?

*

[10] Wie und was noch weiter vorgefallen war, entzog sich zunächst Nat's Wissen. Über Umwege wurde er ein gutes halbes Jahr später von einer Dame, die Nat bisher nur vom Namen her kannte, angerufen. Die Unbekannte ließ von Rebecca ausrichten, er möge bitte noch ihre Sachen, die Rebecca dereinst mal vor vielen Dezennien bei ihm hinterlassen oder eher vergessen hatte, darunter waren unter anderem ein paar puschelige Hausschuhe, ein güldenes Herrenarmband und eine Sammlung besonderer Euro-Münzen, zusammentragen. Die Unbekannte würde dies alles am kommenden Wochenende von ihm abholen und bei sich in der Wohnung im Auftrag Rebeccas bis zu ihrer Entlassung aus dem staatlichen Gewahrsam deponieren. Nat fragte die Unbekannte natürlich aus und erfuhr, dass der Staatsanwalt wohl acht Jahre Strafvollzug gefordert hatte, sie aber nur sechseinhalb Jahre bekommen hätte. Für Nat,

---

10 ... von hier an weitergeschrieben ab 30.1.2024

der diesbezüglich nur die harte Gerichtsbarkeit aus zweitklassigen Wild-West-Filmen kannte, war dies eindeutig zu wenig. Erst recht, als ihm die Unbekannte erzählte, dass man bei der Durchsuchung von Rebeccas Internetverlauf festgestellt habe, dass diese sich im Netz, per Google, über Schalldämpfer für Pistolen erkundigt hatte.

Nach Western-Sitte hätten in Nat's Augen der oder die Richter Rebecca mindestens dreimal Lebenslänglich aufdonnern müssen oder gleich den Galgen aufstellen lassen.

So jedoch stand zu befürchten, dass Rebecca über kurz oder lang wieder an seiner Wohnungstür klingeln oder ihm gar auflauern würde.

Und so endete der große Mordprozess in Nat's Umfeld. Plötzlich ist das schwere Verbrechen ganz nah. Fortsetzung folgt? Die Zukunft lüftet ihre Schleier erst bei Eintritt in die Gegenwart.

Für Rebecca begann nun eine einsame Zeit. Sie war nicht mehr staatlich krankenversichert und hatte ihre Pensionsansprüche, sie war ja mal Beamtin gewesen, verloren. Um die Gerichtskosten zu bezahlen, ging der größte Teil ihres Vermögens und ihrer Altervorsorge drauf.

Und so bleibt am Schluss nur noch zu bemerken, dass für Rebecca alles was sie sich je im Leben aufgebaut hatte, verloren war.

Ihre Rache hatte vor allem ihr selbst geschadet.

*

Nachwort
Was ist wahr an der Geschichte und was nicht?
Wahr ist die Tat selbst, die in meinem Umfeld statt fand.
Wahr ist ist auch, dass die Täterin, ob von ihr gewollt oder ungewollt das weiß ich nicht, versuchte ihr Umfeld durch Fehlinformationen zu verwirren.
Das gesamte Vorfeld der Tat, ihre Planung und Ausführung, die Orte und Namen sind hingegen von mir frei erfunden. Weil ich jedoch überhaupt keine Ahnung hatte, wie das Gerichtsurteil darüber lauten würde, hab ich den Text, der größtenteils schon im April 2023 fertig war, zunächst zurück gehalten.

*

Outtake von Seite 51 – so war das Ende ursprünglich geplant, aber ich hatte dabei Bauchschmerzen, weil ihm die Leichtigkeit fehlte. Es war kurz und bündig:

Als er aus dem Verhandlungssaal wieder heraus war, unterhielt sich Nat noch mit anderen Zeugen, die bereits vor ihm ausgesagt hatten. Von ihnen, Augenzeugen, erfuhr Nat, dass Sheryl bei der Tat vor Rebecca gekniet hatte, die Hände gefaltet wie zu einem Gebet und sie Rebecca angefleht habe, ihre Tat nicht zu begehen. Aber wie bei einer Hinrichtung hätte wohl Rebecca reagiert und auf ihren Kopf gezielt. Und Sheryl hatte nur Glück, dass die erste Pistole in diesem Moment eine Ladehemmung hatte und sie deshalb ins Haus flüchten konnte.

*

Allerletzte Ergänzung am 12.2.2024
Nach Rücksprache mit einer Freundin, die die tatsächliche Täterin seit ihrer Festnahme nun regelmäßig besucht und mit ihr telefoniert, ist wohl folgendes geschehen:

Die Täterin wollte ihre Ex noch einmal zur Rede stellen, bevor sie Deutschland verließ. In verschiedenen Versionen von ihr wollte sie nach Taiwan, Singapur, in ein

Indianerreservat nach Nordamerika oder nach Malta, je nach Wahl, niemals, für immer oder erst mal nur für ein halbes Jahr.

Aber die Ex war nicht da. Also kletterte die Täterin über die Zäune mehrerer Nachbargrundstücke, um ihre Ex hinter dem Haus abzupassen. Dort setzte sie sich in die Hollywoodschaukel, trank ein wenig von ihrem selbst mitgebrachten Alkohol und schlief ein. Und das ganze in einer frostigen Frühjahrsnacht. Schließlich wurde sie wach davon, weil die Jalousien des Hauses von der Ex hoch gezogen wurden. Wie auch immer kam es nun zu einer Rangelei zwischen den beiden Frauen und dabei löste sich versehentlich ein Schuss.

„Versehentlich"? „ein Schuss"?

Um mit einer Waffe, Pistole oder Gewehr, schießen zu können muss man die erstmal durchladen, damit überhaupt eine Patrone vom Magazin in den Lauf rutscht. Das kann man bei Pistolen nur mit zwei Händen. Bei einem Revolver braucht man das nicht. Dafür muss man bei dem nun einhändig bei jedem einzelnen Schuss den Hahn neu spannen, damt sich die Trommel mit den Patronen darin weiterdreht. Die Pistole lädt dafür aber von allein nach. Danach muss man sowohl die Pistole als auch den Revolver oder das Gewehr entsichern, sonst lässt sich der Abzugshebel nicht durchdrücken. Damit ist ein versehentliches Abfeuern einer Waffe eigentlich nicht möglich.

Wenn wie in diesem Fall sogar mit zwei Pistolen an verschiedenen Orten geschossen wurde, muss man also zweimal laden, zweimal entsichern und laufend Strecken überwinden.

Mehrere Schüsse aus einer Rangelei heraus und an verschiedenen Orten, zeitlich nah bei einander?

Das sind dann doch ein paar Zufälle zu viel.

Und damit ist diese Novelle für mich endgültig abgeschlossen.

Bearbeitungsdaten:

Rolf Gänsrich am 21./22./27.3. - bis 25.4.2023 fast täglich, spätere Zusätze sind in Fußnoten festgehalten

Nachschliff und optische Aufbereitung des Textes ab 2.2.2024 – 17.2.2024

Nachwort am 3.2.24 entstanden

Neue Kapitel auf den Seiten 51 - 61 geschrieben und eingefügt am 6. - 9.2.2024

Der Text basiert auf einer wahren Begebenheit aus meinem Umfeld, Namen und Orte der handelnden Personen wurden geändert. Der Titel der Novelle lehnt sich an einen Film von Alfred Hitchcock von 1940 an.

Letzte Bearbeitungsstufen: 21. + 22. 2.2024 Rechtschreibprüfung, 27. + 28. 2.2024 optische Überprüfung im PDF-Format.

*

Stöbern Sie mal beim Verlag oder in den entsprechenden Online-Shops auch nach den anderen Büchern von mir!
Egal, ob als Print oder in E-Book-Form, reich machen Sie mich mit Ihrem Kauf zwar nicht, aber ich denke, da sind sicher einige dabei, die Ihnen gefallen könnten!
Auf meiner Webseite
www.rolfgaensrich.wordpress.com
sind alle Buchtitel von mir aufgeführt und die letzten sogar direkt mit dem Verlag verlinkt.